中巴互译
亚洲经典著作互译计划

我仍能活得像风

巴基斯坦女性文学选集

[巴基斯坦] 巴基斯坦文学院　编

[巴基斯坦] 法哈尔·扎曼　主编

赵善江　张帅　王伶俐

文惠　苏亚莉　译

四川文艺出版社

图书在版编目（CIP）数据

我仍能活得像风：巴基斯坦女性文学选集 / 巴基斯
坦文学院编；（巴基）法哈尔·扎曼主编；赵善江等译. —
成都：四川文艺出版社，2023.8
ISBN 978-7-5411-6403-3

Ⅰ.①我… Ⅱ.①巴… ②法… ③赵… Ⅲ.①妇女文
学—作品综合集—巴基斯坦—现代 Ⅳ.①I353.15

中国版本图书馆CIP数据核字（2022）第132686号

Pakistani Literature (Vol. 3, 1994, Issue 2)
Special Issue: Women's Writings
©Pakistan Academy of Letters
Simplified Chinese edition©2023 by Sichuan Literature and Art Publishing House Co., Ltd.
All rights reserved.

著作权合同登记号 图进字 21-2023-45 号

WO RENG NENG HUO DE XIANG FENG　BAJISITAN NÜXING WENXUE XUANJI

我仍能活得像风——巴基斯坦女性文学选集

［巴基斯坦］巴基斯坦文学院　编
［巴基斯坦］法哈尔·扎曼　主编
赵善江　张　帅　王伶俐　文　惠　苏亚莉　译

出 品 人	谭清洁
责任编辑	邓艾黎　茹志威
版权编辑	李　博
封面设计	侯海屏　魏晓舸
内文设计	史小燕
责任校对	蓝　海
责任印制	桑　蓉

出版发行　四川文艺出版社（成都市锦江区三色路238号）
网　　址　www.scwys.com
电　　话　028-86361802（发行部）　028-86361781（编辑部）

排　　版　四川胜翔数码印务设计有限公司
印　　刷　成都东江印务有限公司
成品尺寸　142mm×204mm　　　开　　本　32开
印　　张　11.625　　　　　　　字　　数　260千
版　　次　2023年8月第一版　　印　　次　2023年8月第一次印刷
书　　号　ISBN 978-7-5411-6403-3
定　　价　59.80元

序 一

　　本书原作成书于1994年，距今已近30年之久，亚洲经典著作互译计划项目专家组会在众多优秀的巴基斯坦文学作品中推选这部略带年代感的女性文学作品，我想定是别有一番深意的。

　　今天，当巴基斯坦的"巴铁"称谓成为我们国人的共识的时候，我们更需要去深度了解我们的这个"铁杆"朋友，了解它在百年岁月中的变迁、磨难和不幸。本书的女性作者们以短篇小说和诗歌的形式，不仅给我们揭开了巴基斯坦那些根深蒂固又难以言说的隐秘伤痛，也给我们展示了巴基斯坦人，尤其是巴基斯坦女性，在逆境中迎难而上的顽强意志。

　　我们知道，今天的南亚地缘政治格局是拜英国殖民统治者所赐，印巴分治便是他们在印度教徒和穆斯林之间推行"分而治之"策略的遗祸。1947年8月14、15两日，巴基斯坦自治领和印度自治领分别宣告独立，但直到8月17日，"拉德克利夫线"才被公布。然而，拉德克利夫在接受印巴划界任务前对南亚（印度）一无所知——这也是选任他的理由——且不具备任何的专业知识。他在印度总督府中仅靠不太精准的地图，闭门造车五周左右便完成了划界方案，这就为此后的人间惨剧埋下了祸根。

在印巴分治后的几个月里，数以千万计的印度教徒、锡克教徒和穆斯林在仓皇之间背井离乡，各自奔向那个属于自己宗教身份的陌生国度。在此过程中，印巴双方的教派狂热分子相互袭击，抢劫、强奸甚至屠杀迁徙的难民。据各方的不完全统计，有50万至200万人惨死，约1500万人流离失所。本书的一些短篇小说和诗歌便是对这段悲惨历史的控诉。

分治后的巴基斯坦成为一个以穆斯林为主体的国家。然而，它又逐渐陷入另一个身份政治的旋涡，巴基斯坦人在复杂的教派身份中（如德欧班德派、巴雷利学派、圣训派和伊斯玛仪派等）叠加了70多个族群身份（如旁遮普人、普什图人、信德人、俾路支人和布拉灰人等）。因此，教派和族群冲突又成为新生巴基斯坦的一大问题。

及至20世纪70年代末80年代初，巴基斯坦周边的地缘政治局势发生剧变，苏联入侵阿富汗、伊朗爆发伊斯兰革命、印度的印度教民族主义崛起。这一时期执掌巴基斯坦的齐亚·哈克，开始在政治、经济、文化和教育等领域全面推行"伊斯兰化"政策，此举导致伊斯兰宗教激进主义迅速在巴基斯坦蔓延。受此影响，那些原本就鲜少参与社会生活，鲜少被看见、被听见的巴基斯坦女性，更是进一步被围于家庭生活的院墙之内。

尽管如此，本书的作者们却在20世纪90年代广泛围绕政治、历史、宗教、人权和社会生活等议题勇敢发声，大胆表达对爱的渴望和对美的向往。要知道，即使在今天，巴基斯坦仍是全球女性识字率和劳动参与率最低的国家之一。教育限制、流动性障碍和性别规范极大地限制了巴基斯坦女性的社会参与。如此回望，我们才能真切地明白那时的她们的勇气。

我想正是前后相继的无数个"她"的勇敢付出，才让我在2019年的巴基斯坦看到了别样的风景。那一年我在巴基斯坦几乎走遍了所有地方。我犹记得在斯瓦特山谷中，照顾着一群弟弟妹妹的小女孩盼着外国人来旅游；在伊斯兰堡费萨尔清真寺的广场上，来自穆扎法拉巴德地区的姐妹希望有朝一日能来中国看看；在白沙瓦大学，身着波尔卡罩袍的女大学生在勤奋学习；在旁遮普大学，成群结队的男女生在校园的草坪上沐浴着12月的暖阳，悠闲地谈论着艺术；在卡拉奇的国际事务研究所，杰出的女性研究员们谈论着国际局势和中巴关系。

我相信，《我仍能活得像风》播下的火种，终将为这个世界上那些不被看见的她们映照出不一样的天空。

肖健美

四川大学中国南亚研究中心副研究员

序　二

　　其中有火。起初火苗微弱，继而开始燃烧。红蓝交织的火花顷刻间化作熊熊烈焰，彼此交相辉映，浓烟四起，在阴影密布的世界里形成又一个阴影世界。在我们的世界中，女性作者承担着火苗的角色，它一度被屏蔽在视线之外。一位批评家如发现了新大陆般指出，"大西洋彼岸有一团火在烧"，拉丁美洲著名女诗人阿莱杭德娜·皮扎尼克则在一首诗中这样回应道，"我们还生起了永恒的火焰"。这团火就是我们熟知的拉美文学。阿尔贝托·曼古埃尔的拉美女作家作品选集的标题《其他火焰》（*Other Fires*），正是从此诗中诞生。更有其他火焰在熊熊燃烧，就藏在"挡住眼睛的手之后"，这些女性作家来自巴基斯坦，她们就是火，是烈焰。

　　伊莎贝尔·阿连德在《其他火焰》的前言中写道："生在拉丁美洲（或者任何第三世界国家）的女人，她们的命运就是受奴役，最好的情况是成为二等公民。需要强大的精神作为支撑，需要十分清醒，有良好的指引才能克服社会为我们定下的命运。"在巴基斯坦，大部分女人特别是作家就是如此。女性正站在十字路口，在社会地位、受教育程度、健康状况以及综合发展等方面，她们长期处于不利地位，是弱势群体；与此同时，她们在各领域做出无法用价值衡量的贡献，却一度不被承认。巴基斯坦的文学传统由多语种写作构成，而女性作家一直在用各个语种进行创作，她们以自己特有的感性丰富着这些语言，为文学作品注入新鲜特质。她们的作品或温和优美或激烈强劲，在欣赏这些作品的同时，我们也认识到这团火的来之不易。

曼古埃尔引用1936年拉美作家维多利亚·奥坎波在妇女联盟的讲话，她的开场词正适合作为这部选集的引言。

"直到现在，女性事件的主要话语权还是掌握在男性手中。法庭都不许这样的事发生了，因为男性证人会被怀疑证词有偏颇。女性自己几乎不发声。但现在，轮到女性发声了，她们不仅要探索自己所在的这片大陆，更要轮流发言，从自己的视角讲述男性。如果她们能做到，世界文学得到的充盈将是不可计量的，而我毫不怀疑她们能做到。"

她们做到了！来自各个国家和地区的女性为世界文学增添了一抹崭新的光辉，带来了一种前所未有的体验，她们无限的热情和复杂性是未曾被文字记录过的。

过去的五十年来，巴基斯坦女性作者作为一股强劲且富有影响力的势力拥入文学舞台，她们不再奉承、不再恐惧、不再封闭、不再低语，而是清晰地讲出真相，展现一种新视野，展现她们自己对环境的理解。女人终于开始讲话了，不仅讲男人，还讲封闭在她们心内和心外的整个世界。

这部选集聚焦巴基斯坦女性作者。她们是自身真相的见证者，是人迹罕至大陆上勇敢的探险者。希望它能激起所有阅读和喜爱世界文学的读者的兴趣。

定义了选集的目的，还有必要讲讲这部选集的范围。我们的选择范围尽可能囊括巴基斯坦的所有重要语种，然而选文最看重的还是作品的质量而不是它代表了哪个地区。因此在最终的选集中，某一种语种所占的篇幅长短并不能用来衡量该语种的重要程度，我们希望选集所展现的是该语种作家的相对优点。我们也认为女性写作并不是一个整合的或同质性的整体。本书所展示的作者可能持有一些相似的基本观点，这可能跟她们本族语言的传统，或者与相同的时代背景有关。我们这么做的目的不是断章取义，而是聚焦她们在自己立场上所做的卓越贡献。我们也没有把"女性写作"等同于"女权主义"写作。正如杰出作家克里斯塔·沃尔夫表达的忧虑：将"女性写作"这个整体归为一个宗派，只会是死路一条。她定义的女性写作有所不同，理由是经历不同，生物历史环境也不同。这些不同的经历正是我们想要收入选集的。有时候她们散发出强烈的女权主义光芒，有时候她们代表着个人或者宇宙中的真理。一个女人的思想蕴含着她对外界的理解和反应体系，但这并不意味着她的创作潜能不能超过她自身的主题。最后，本选集并非要展现一种历史视角，而是展现不同的真理和情感——它们的演变产生于更近的时代，因此我们主要聚焦于当代写作。除了这些决定性因素，我们也要面对其他限制因素，对此，读者可能会在某种层面上有所察觉。在诸多限制条件下，为了保证内容多样和优质，我们在这部选集中尽最大努力选取了这些文章。

感谢巴基斯坦文学院主管伊夫蒂哈尔·阿里夫先生，以及始终与我们保持一致的翻译团队，没有你们的支持就不会有这部选集。感谢你们，也感谢同意收录文章的作者。特别鸣谢阿提亚·沙阿、拉齐亚·霍哈尔和阿提亚·达乌德，感谢她们在策划阶段的帮助和建议，感谢塔里克·沙希德协助各项出版工作。

雅斯敏·哈米德

阿西夫·阿斯拉姆·法罗希

本书巴基斯坦原版特约编辑

目录 | Contents

诗 歌

前　言

　　本书是献给女性作者和诗人们的，其中包括二十二位小说家和四十位诗人，涵盖不同风格和主题，代表着不同思想流派。选集包罗万象却不让人疲倦。由于时间、篇幅所限，加之优秀译本匮缺，遗憾未能收入更多作者。

　　这部选集突出女性情感，其中很多作品描绘了巴基斯坦女性作家的理智和情感世界。我们也尽量涵盖巴基斯坦各主要语种的作者。

　　在这部选集中，读者将发现多样化的主题和创意表达风格。这是后独立一代的新共识，是现代与传统的对立冲突，是独立斗争路上的阴影，是幻想和真实的结合体——全都浸没在了非同一般的女性特征中，它从平凡事物中创造艺术。

　　我很感谢雅斯敏·哈米德和阿西夫·阿斯拉姆·法罗希，他们是这部选集的特约编辑，在如此短的时间内编辑了这样一部惊人的著作。非常感谢他们的付出。

在书籍策划过程中，巴基斯坦文学院院长法哈尔·扎曼先生给出了宝贵建议，并在各方面提供帮助，感谢他在这部选集上投注的个人精力。文学院其他同僚也不断尽自己所能支持这部选集，感谢他们的持续帮助。

伊夫蒂哈尔·阿里夫

巴基斯坦文学院前主管

小 说

Fiction

意外事故

希贾卜·伊姆蒂亚兹·阿里

Hijab Imtiaz Ali

躺在担架上的他被抬进了手术室。今天他本打算站在楼上的阳台上欣赏四周的风景。清晨的美景着实让人陶醉，突然，他从几英尺[1]高的楼上跌落下来。显然，并没人推他，阳台的地板也不至于承载不起他的体重而坍塌。那他是怎么摔下来的呢？这事怎么这么蹊跷呢？这和那些每天都在上演的意外事故没什么不同。但此时此刻，他已经意识模糊，无法再去细想这次意外。况且即便他神志清醒，他也不是那种斤斤计较的人。很明显，这次意外是因为他脚下一滑，身体失去平衡，才从这么高的地方摔下来的。单从字面上看，由于身体失衡而从高处跌落，这个原因堪称滴水不漏，而且大部分意外的确也都是如此。

　　他被抬进手术室的时候，虽然身体已经犹如死尸一般毫无知觉，但头脑中却思绪万千，宛如海水在搅动；思绪就和大海一

　　1　1英尺≈0.3米。——编者注

样，会有潮涨潮落，会有汹涌的波涛……焦躁不安、冲突斗争也都在所难免。

对周围的一切他已毫无知觉。既看不到头顶白色护士帽的护士，也看不到戴着口罩的医生。他的眼睛对手术室内明亮、刺眼的灯光也毫无反应，他也听不到手术刀和剪刀碰撞的声音。之前那些易如反掌的事，现在都变得像翻越高山一样困难。他的情况就是如此。他不知道自己怎么会在手术室里，但他的记忆之耳、思绪之眼可以听见更多，看得更远。

"穆诺！穆诺！"耳边有个声音在呼唤他。这个声音在他的记忆深处不断地回响着，他冥思苦想这是谁的名字。猛然间他想起来穆诺是条小狗的名字，这条小狗是他从好友那儿借来的，他很喜欢这条小狗，对它照料有加。穆诺太小了，都不会自己喝牛奶，所以整晚都在痛苦地哀号，邻居们对此厌烦不已。别说邻居们了，就连他妈妈也对这条小狗心生厌恶。

他妈妈还因此训斥了他好几回："赶紧让这条狗消失，要不我就把它毒死！这浑蛋整晚叫个不停！"

但这件事都已经是好些年前的事了，现在他怎么又会想起穆诺呢？他现在都三十岁了，而穆诺只存在于被遗忘的愚蠢童年！

后来穆诺并没有被毒死，但也命运多舛。它在路上嬉闹的时候不幸被自行车撞倒。自那以后，穆诺就成了他妈妈的心肝宝贝。她给穆诺买了药膏，处理了伤口，打了绷带，还给它做了张新床，也毅然决然地容忍了它那不合时宜的号叫。可怜的小狗！它伤得不轻。他发现这次意外让这条小狗在他妈妈眼中变得楚楚可怜。

穆诺的吠叫声逐渐消逝，近些年发生的另一件事逐渐浮现在脑海。那天是星期五，他下班稍早了一些。在回家的路上，他盘算着带费罗扎去划船，自己也可以好好放松一下。路上要经过好友的家，他顺道邀请好友一起去划船。转念一想，他妻子不喜欢他邀请的这位好友。要是邀请了这位好友她可能会不高兴，但他觉得他应该可以说服妻子。毕竟，好友艾哈迈德并非如她所想的那样罪大恶极。不过他的确是个骗子，这点不可否认，但又有谁不说谎呢？他从一家餐厅买了些鸡肉三明治和奶酪条就匆匆忙忙往家赶。

拎着大包小包的零食，他心里想着要和费罗扎来个拥抱，像个孩子一样欢呼雀跃地告诉她又放假了。回到家，他大喊道："费罗扎！费罗扎！快看我买了什么！我们今天下班早！"

他的妻子放下手上的活，走了出来。

"你还能拿什么？"

"鸡肉三明治和奶酪条！我们去划船吧！"他兴高采烈地答道。

"下班早了点都能让你激动得像个逃学的孩子。"她戏谑道。

他略带生气地说："你要是每天都上班，你就会明白公司的规章制度就和学校对孩子的禁锢一模一样。好吧，快把这些东西都放到午餐篮子里，再把热水瓶装满茶水。我们得快点了，因为我让艾哈迈德弄了艘船。他肯定正在海边等咱们呢。"

"为什么要让艾哈迈德和我们一起去？"她有点不悦地说道，"到了海边，找艘船不是很容易吗？我不喜欢他，说话总是一惊一乍的。"

"你这简直是无理取闹。他人挺好的。你干吗这么反感他呢？"他说。

"因为他总爱搬弄是非！他老是把这个人的事编成另外一个人的事。这还不够吗？我最讨厌这种危险人物！"

他笑着说："这种人才是聚会的灵魂人物。这次别再纠结了，别把你的不高兴写在脸上。你上次就是，他都看出来了。"

"那他今天还来？哪有这么厚颜无耻的人啊！"费罗扎轻蔑地说。

"好吧！好吧！今天你就再忍忍他吧。再也不邀请他了。他现在肯定正在海边等着呢。"

随后他们来到了海边。

也纯属巧合，这次的划船小聚持续了不到半个小时，突然就乌云密布、狂风大作。风太大，船都被吹翻了。

又过了一个小时，他和妻子从海里安全上岸，但是艾哈迈德却不见了踪影。大家都觉得他可能已经溺亡了。也有人说他被鱼吃了。还有一个人推测说他肯定是因为缺氧而晕厥，然后被海浪卷走了。

他觉得这次悲惨的意外对费罗扎的影响极大。她悲伤地哽咽道："唉！谁能想到艾哈迈德会以这种方式和我们分开。"

"我还以为你会高兴呢！"他挖苦道。

"我又不是他的敌人。"

第二天，渔民找到了不省人事的艾哈迈德。

把艾哈迈德送回家照顾之前，他对妻子说："如果你不反对，让艾哈迈德先到咱们家可以吗？等他好些了，他可以自己回家。"

费罗扎激动地说："把他带到咱们家里来吧。这次意外把我对他的反感冲刷干净了。"

艾哈迈德就被带到了他们家。

他发现这次意外彻底转变了妻子的态度。之前，艾哈迈德的出现都会让费罗扎难以忍受，而现在，她照顾他的日常起居，还倍感快乐。

他觉得这次意外让艾哈迈德成了费罗扎眼中值得同情的人。

他察觉到了妈妈和妻子性格上的相似之处。上次穆诺的意外和这次的翻船事故如出一辙。她们在怜悯、同情这方面十分相似，但其他方面却截然不同。哪个男人能忍受自己的妻子和自己的妈妈没有一点儿相似之处呢？但倘若费罗扎和他妈妈没有丝毫相似之处，她们之间的差异好似白天和黑夜，她也还是会成为他的妻子。令他费解的是，虽然她们看似很像，但却仍有极大不同。唉！这也正是冲突的原因所在。他的内心又徒增了几分不安。

这次意外的前几天，他就对妻子有些不满。他很爱她，但同时心里也满是抱怨。他的不满、抱怨从来没有表现出来过，他又怎么能表现出来呢？就连他自己也没有意识到为什么会对妻子不满。那他怎么能和妻子吵架呢？怎么能对她怨天怨地呢？

他想起来了。有天晚上，他和妻子因为一些琐事而争吵。第二天早晨起床时，他病倒了。他确信妻子会因为他的疼痛而焦虑，甚至也许还会给他做头部按摩。

但一切并没如他所愿。费罗扎皱着眉头看着他说："该上班了，起床，吃完早餐上班去。"他已经记不清是怎么退烧的，头疼是怎么缓解的了。

几分钟后，他已经准备好要走了。但是悲伤、沮丧让他变得百无聊赖。下午，朋友邀请他去家里做客。他们打了一整夜的牌，沮丧情绪也烟消云散。但他爬上自家的台阶时，他的愤怒不知不觉地再次浮现，满眼的绝望。他情绪低落，从妻子身边经过，回到自己的房间。

　　"亲爱的，你怎么了？到我这儿来啊！"他的耳朵里回荡着妻子的甜言蜜语。忘却一切，正要跑着冲向妻子时，他发现他听到的不是妻子的声音，而是楼上收音机里的声音。收音机里正在播放着广播剧，也许他耳边响着的正是他渴望听到的那些话。但无论如何，那个声音都不是他妻子的。他变得步履沉重，沮丧的情绪在他身上蔓延开来。

　　第二天，他站在楼上的阳台上，环顾四周。清晨的美景着实让人陶醉，顷刻间他从几英尺高的楼上跌落到了地上，没人知道他是怎么摔下来的。他的妻子放下手中的所有活计，坐在他旁边——是的！在他身边！

　　意外就是这么发生的！

英文版由阿提亚·沙阿译自乌尔都语

下　降

蒙塔兹·希林

Mumtaz Shirin

他向上看去。

一段长长的台阶通向楼上，宽大洁白的台阶泛着光亮。洁白的台阶通向楼上白色的房间，这些房间都沐浴在灯光中……那里灯光明亮。

他们站在台阶的底部，他和她。他向上看着那段长长的台阶……不行，她现在这种情况肯定上不去。他温柔地说："我来抱着你上吧。"

她红着脸，摇着头："不行，不行！怎么能抱着我上台阶呢？这么多人，太惹眼了。"

"我才不管呢！"他张开手臂要去抱她，但是她推开手臂不让他抱："我能自己上去。"

"好吧，那我就扶着你上吧。"

他用一只胳膊搂着她的肩膀，紧紧地搂着她。

他们一起，一级一级地往上走。

台阶宽大、洁白、泛着光亮，通向楼上洁白的房间。那里灯火通明，那里也是生命诞生的地方。

每隔一阵，她就会感到一阵刺骨的疼痛。还剩几级台阶时，疼痛越来越频繁也越来越剧烈，她的整个身体，脊柱、臀部、腹部都很疼。她全身都在颤抖，豆大的汗珠从额头上冒出来。他拿出一块手帕，替她擦去额头上的汗珠。他温柔地低声说："马上就到了。"他紧紧地搂着她，"靠在我身上，把你整个人都靠在我身上。就这样，对，这样可以让你放松一点。"她闭上眼睛，头轻轻靠在他的肩膀上。

一步一步地，他们终于上来了。

护士把她领了进去，让他在外面等。外面有一把长椅，他坐了下来……一切都太突然了。他没想到能这么快……而且现在就生也太早了。这天晚上她还一切安好，他一如往常回到家，筋疲力尽；她以温柔舒展的微笑迎接他。看到他疲惫不堪、无精打采的样子，她很心疼。和往常一样，她拿出水罐，倒水给他洗脸、洗手。多么踏实、本分的妻子啊！他心中顿时涌起了爱怜和感激之情。他想让她坐在身边和他聊天，聊聊那些往昔的欢乐时光。但是她说他得让她先去准备晚餐；他看起来很虚弱，毫无气力。她摆好晚餐。他和孩子们围坐在一起享受简陋的餐点。她走进厨房，也许是想看看还有没有能让他们吃的东西……然后，他看到她双手紧把着门边，瘫倒在了门槛上。他放下手里的食物，奔向她，把她抱起来，放到床上。他焦急地问她是怎么回事，但她什么也没说。她向来如此，总是尽力在他面前隐藏自己的痛苦……而这次，她不得不告诉他"它"要出来了……他就一路狂奔着把她带到了这里。

他希望一切顺利……和她一起上台阶的时候，她怎么会在他的臂弯里颤抖得这么厉害啊！她肯定很痛苦。她极度虚弱，几乎没有力气。她能挺过这次鬼门关，顺利平安地走出来吗？他坐在外面等着，心揪得疼。

她躺在产房里，此时的疼痛难以忍受。她双眼外突，紧咬着嘴唇。但她并没有呻吟，她不会让丝毫的哭声从嘴里漏出来。因为他可以从她的哭声中知道她正在受苦，他也会很痛苦，她不想让他痛苦。她没发出任何声音，只是一忍再忍，直到实在忍不住了，就昏迷过去。

他站在紧闭的门外。几近疯癫地来回踱步；而后又坐在长椅上，烦躁不安，凝视着空旷的地方，但又好像什么也看不见。他竖起耳朵仔细听着，想要听到产房传出的一丝呻吟声或哭声。但什么也没听到。一切都很安静。难道是？……他心里刺痛。"噢！老天啊，老天！一定要保佑她！"他在灵魂深处开始无声地祈祷。因为他听说过，母亲诞生新生命的时候，几乎要耗尽自己的生命。他再次仔细倾听，依然和之前一样安静。也许她正在忍受着痛苦，她之前就是如此，也一贯如此。也许她还活着，安然无恙。

他坐在长椅上，等待着，似乎是无尽地等待。时间都静止了，一生的苦难、痛苦、折磨在此刻拧绞在了一起。

产房内，她仍然昏迷……那是个很小的婴儿，还没从肚脐剪下脐带，它就已经不在了。她慢慢恢复了意识。她没问孩子的事。难以名状的"第六感"已经告诉她，孩子死了。护士都来安抚她，劝她别太难过，怀孕八个月出生的孩子大都如此，鲜有活下来的。一位护士拿着孩子给她看，她慢慢地把头扭向一边。只看了一眼面色苍白的小脸和那小小的已无生命迹象的身体，两行泪水就顺着她的脸颊默默地流了下来。心中重新涌起的母爱的暖流，此刻在她心里瞬间凝结成冰。

门开了，出来了一位护士。他飞奔过去，两眼圆睁地盯着护士。护士告诉他，孩子一生下来就死了，劝他别太难过，怀孕八个月出生的孩子大都如此。但他其实并没考虑孩子，只想让她活着……她活着吗？护士继续说："别太担心了，你看，这种孩子很少活下来。""我的妻子呢？""你的妻子？给她来杯咖啡吧，可以让她恢复一些体力。"

给他妻子买咖啡？那就是说她还活着。

他拿着咖啡，看见她被转移到了另一间病房。她静静地躺在床上。他站在病床旁，注视着她那苍白的脸庞和虚弱的身体。

"现在感觉怎么样？"他轻声地问道，握住她的手。她的手，手背冰冷，手心满是汗。

她羸弱地微笑着："我挺好的，这次好像我太虚弱了，身上的每个关节都很疼。"

他们压根儿没说孩子的事。他觉得这样会更好。她的命保住了，这也是他之前盼望的结果。

第二天早上，他去医院的时候把家里的孩子们也都带过去了。她冲着孩子们微笑。孩子们围在妈妈的床边，他坐在她身边，拉着她的手。

她从他的眼神中看出了焦虑，宽慰地捏了捏他的手。她的目光停留在他脸上。他们身上充满了柔情……以及爱、奉献和无声的崇拜。

两人之间已经失去肉体上的吸引力了。他宽松、笨拙的衣着在黝黑、骨瘦如柴的躯干上晃荡。她穿着粗糙、褪色的衣服。生儿育女早已让她的身材走了样。繁重的体力劳作让他们疲惫不堪。美丽、俊朗已从他们的容颜中消逝，贫穷夺走了他们仅剩的青春魅力。他曾经的小麦色肤色现在变得黝黑，脸颊凹陷。她面色苍白泛黄，黑眼圈深陷在眼眶里。不到二十五岁的年纪，她看起来却十分苍老，日益消瘦。

除了美貌，有一种比外表的吸引力更强大的力量把他们吸引在一起。

长辈们按照宗教仪式让他们手牵着手，从那时起，他们就属于彼此了。她知道，她应该爱她的丈夫。他是她的主人，她应该崇拜他。她爱他，崇拜他，愿意把她的生命奉献给他。

他也知道，一个虚弱、小巧的女人交给他照顾，他理应保护她、支持她。这个弱小的生命将会和他分享她的生活，成为他家的女主人，以及孩子的母亲。因此，他们的心走到了一起。长期的交融让他们彼此拥有，感情和爱早已深入骨髓。他们的爱情结晶——孩子——让这种纽带更加坚不可摧。

孩子们也感同身受。看到妈妈生病了，他们也都很难过。他们焦虑地问道："妈妈你生病了吗？"他们摸了摸妈妈的额头，"是发烧了吗？"那个最小的孩子的话更让人感动："妈妈，你觉得哪里疼啊？给我说吧，我亲亲那个地方就不疼了……"他亲了亲她的胳膊，"是这儿吗？"她把这个小家伙紧紧抱在怀里。

她感到非常、非常幸福。孩子们是多么爱她啊！这些都是她自己的孩子，她自己的肉体和血液造就了这些孩子。她用生命之血赋予了他们生命，帮助他们成长。这些小家伙都曾在她的子宫里获得生命、发育成形。她哀叹这次没能创造出新的生命。

她那沉闷、悲惨的生活还能有什么呢？贫穷、饥饿、苦难、悲伤、疼痛，但是孩子们爱她，丈夫懂得体贴呵护她。没错，这就是她生命的宝贵财富。

探访时间到了，他们要走了。

她目送着他们走到病房门口。

第二天早晨，他发现她平静地躺在床上，更加虚弱无力，面色蜡黄，像是喷了姜黄水。她整个人看上去像是血被吸干了一样。

一位护士走进来，在她大拇指上刺了一下，取出一滴血。然后把血吸附在试纸上，检测她血液中血红蛋白的含量。正在测试时，进来一位女医生。

女医生几乎咆哮着对他说："你知不知道你妻子现在有多危险？"

她接着用英语说道："简直难以想象！你从来没给她打过肝精注射液，怀孕期间从未给她吃过任何补品。而她已经没有任何康复的希望时，你把她带到我们这儿来了。而且，我觉得，你是不是还要把她的死也算在我们头上啊？"

女医生说的每一个字，都像一把榔头，狠狠地敲击着他的内心。他不爱他的妻子吗？他不在乎她？他从没让她吃过补品、打过针？……一个卑微的小职员，怎么可能给妻子买得起补品，打得起针啊？她的身体变成现在这样，几近死亡啊……几近死亡……唉！贫穷简直就是地狱啊！

他步行上班，不坐公交车，干脆连廉价烟也戒了。这样能省下几个安那[1]用来买水果。他借钱给她看病。

但是她仍然不见好转，面色苍白如死尸一般，身体羸弱，只能躺在病床上。她的脸色煞白，像是被漂白过。虽然手上戴着温暖的皮手套，脚上穿着皮袜子，脚底一直放着热水瓶和热水包，但仍然浑身冰冷、麻木。她的头顶似乎一直悬着看不见的东西——死亡的征兆。

她总是会面带鼓励和信任地冲他微微一笑。他坐在床边看着她时，眼中满是痛苦。他安慰她说："你会好起来的，我会好好照顾你，会给你买补品和水果。我在存钱，你知道的。"她非常悲伤地对他笑了笑："是的，我会好起来的。"也许这一线希望可以让她的生命之烛继续燃烧。但下一刻他意识到她笑得很勉强，双眼迷离，似乎有些走神。

然后就到了最难熬的夜晚。她的平静变成了呻吟。那天晚上，她不停地呻吟、哭泣，声音让人心生怜悯。他也知道那一刻就要到了。他恳求护士和医生让他陪在她身边，就这么一个晚上；医生和护士没有同意他的请求。这会违反医院的规定！再说，这又不是那种家属和病人可以待在一起的特殊病房！一位护士进了病房，给她吃了安眠药，粗暴地对她喊道："你就不能安静点？你的叫声太可怕了！难道你不知道你打扰到其他病房的病人了吗？"

"其他病房"的病人。这个护士为什么不说出全部真相呢？"特殊病房"的病人——那"被选中的几个人"……他之所以受

---

1 巴基斯坦旧币名。1安那≈1/16卢比。——译者注

到这种待遇，是因为他很穷，显然他绝不会是"被选中的几个人"中的一个。在他急匆匆往家走的路上，他痛苦地思量着这一切。她痛苦的呻吟声萦绕在他耳边。他躺在床上，毫无睡意，眼睛盯着天花板，一整夜都能听到她那凄惨的呻吟声。

第二天早晨，她还是很平静。难道她渡过难关了吗？他希望如此，但是女医生检查后失望地摇了摇头。

"还有一线希望。"

"什么希望，医生？"他急切地问道。

"输血……"

"请您查一下我的血，医生，看能不能给她用……"

医生从头到脚打量了他一番：这么瘦高、单薄的人，好像他自己的血还不够用呢，他能输血吗？但他的苦苦哀求以及令人动容的表情似乎已经回答了，他可以。

"只要能救她，我输多少血都可以。"几百毫升的血液从他的身体里抽出来，再输入到她的体内。她丈夫的每一滴血，都凝结着爱的温暖。血流经她体内的每条血管，给她带来了些许暖意。她似乎好转了一些，他摸了摸她的头，头是温暖的……头是温暖的。他弯下腰，靠近她耳边轻声说："你会好的，肯定会。"她回以温暖的微笑。她其实什么都知道了，她用她常用的方式感谢他。她颤抖着嘴唇想要说话，脸色青紫；经过剧烈的抽搐后，她的整个身体一直都在颤抖；双手紧紧攥着床单。他抓着她的手，弯腰靠近她。她还是想说话，但是嘴唇只是颤抖着一张一翕。也许她是想要看看她的孩子……绝望中，这个想法在他的脑海中一闪而过。于是，他让和他一起来看她的女邻居帮他把孩子们领到病房来。他们家离得不远，孩子们很快就到了。她一个接一个地看，她想伸出胳膊去摸摸那个最小的孩子，但她毫无力气，抬不起胳膊。她最后看了他一眼，好像在和他告别。

一切都结束了。

他敲打着自己的脑袋，一遍又一遍呼喊着她的名字。但很快他意识到这里是医院，不能这样，而且孩子们也在场，他应该在孩子面前镇定自若。他瘫坐在椅子上。孩子们站在椅子旁，看着妈妈的尸体，他们都还小，还无法理解死亡的含义。

他坐在椅子上盯着她，看着护士给她盖上白单子。她的脸和白色的床单一样煞白，浓密的黑发垂在肩膀上。他看啊，看啊，一直看。

他仿佛置身于事外，对周围发生的一切毫无知觉。模模糊糊地，他听到了有人对他说的几句话，是那个女医生说的："现在太晚了。太晚了，夜深了，你明天再把尸体运走吧。但是尸体要放到太平间。很抱歉，我们没能挽救她的性命……你稍后记得结账啊……"

几个神情沮丧、负责搬运尸体的女人嚷嚷着："我们不能把它搬下去，得先付钱啊！"

他还听到了几个护士的聊天。

"死人我们在这儿见多了，从来没怕过，我们都习惯了。但你看她……有没有觉得……"她们耳语了几句。

连她的死她们也要羞辱一番。

突然，他起身双手抱着她的躯体。有人拿来了担架，但他把担架推到一边；穿过惊恐地看着他的人群，他抱着她走向通往后院的台阶。

几天前，已经记不清是几天了，他和她一起上了这个台阶，紧紧地搂着她，帮她上了这个台阶；现在抱着她冰冷的身体，他要一个人走下台阶。

他所抱着的躯体曾经也有鲜活的生命，为什么转眼间就变成了冰冷、僵硬、沉重的尸体？他曾深爱着这具躯体，长达十年之久，而现在他们天人永隔。这个躯体还温暖、柔软、轻盈的时候，他曾抱过几回？她成为他的新娘时，还不到十四岁[1]，那时他妈妈也还健在。他妈妈让她终日劳作。他妈妈走亲拜友的时候，就成了他们的欢乐时光。他会把她拥入怀中，围着她不停地转啊转。这些美好时光转瞬即逝。辛苦劳作、生儿育女让她变得体弱多病。他劝她不要这么辛苦，但她并不听劝。她工作的时候，他会悄悄走到她身后，轻轻地把她抱起来放到床上，让她好好休息一下。是的，他经常抱她。只是这是最后一次把她的身体放入臂弯了。

他抱着她一步、一步走下台阶。

台阶昏暗、狭窄。周遭的一切都变得暗淡无光：夜的黑暗，死亡的黑暗，甚至连他自己也是一片黑暗。台阶好像怎么也走不完。长长的台阶，一级一级向下……不断下降、下降。漫长的下降，也是最后一次下降。

英文版由本文作者译自乌尔都语

1　2019年4月29日，巴基斯坦参议院通过童婚限制法（修正）案，将法定结婚年龄提至18岁。此前旧法案女性法定结婚年龄为16岁。童婚问题是巴基斯坦常年无法解决的主要问题之一。——译者注

集市上的穆尼·毕芘

哈杰拉·马斯鲁尔

Hajra Masroor

火把的火焰在空中摇曳，和着鼓声和风琴声；宽敞庭院的树上，筑巢的乌鸦的翅膀卡在了树枝间，不停地扇动着。她不时有节奏地晃动着脚踝上的铃铛，继续歌唱。歌曲到了最后，一阵狂乱——鼓手晃动着脑袋，开始跳着打鼓；风琴演奏者尽力跟着鼓点疯狂的节奏，手指在琴键上飞舞；火把演员停下了脚步。唱完这首歌，舞者绕着观众围成的圈子不断地转动着自己的身体，同时双脚随着节奏跳动，像闪电一般忽隐忽现。身手敏捷的她，旋转的速度快到几乎挡住了火圈里火把演员的脸。火把演员也得小心翼翼，关键是不能让火把上跳动的火苗烧灼到舞者。火把其实就是一个满身泥浆的煤油瓶，只有不断地上下倾斜才能一直燃烧。

　　穆尼·毕芷双眼惺忪地依偎在卡迈勒的腿上，欣赏着摇曳的火焰和舞者曼妙的舞姿。

　　她快睡着的时候，卡迈勒抱起她，带她出来看表演。

黑暗、沉闷的夜晚，跳动的火焰和舞者的舞姿让穆尼·毕芷痴迷，但她更想像男生和旁边其他仆人那样盘腿坐在地上，伸长脖子看表演。和大多数人一样，她也想伸手去摸摸舞者身上旋转的长裙，也想坐在转起来如花伞般的长裙下面。但这却是绝对不可能实现的，因为舞者的动作敏捷，拿火把的人得一路小跑跟在她后面，才能让她重回观众的视线，然后再重新开始妙趣横生的表演。深紫色杜帕塔[1]上镶嵌的金属亮片和闪闪发光的饰品从头顶一直延续到胸前，贴身的绿色衬裤更加凸显旋转着的绿色长裙的美，闪闪发光，像是着了火一般。火光中，她的银耳环、银头饰和金项链也在围着她俊俏的脸庞跳动。伴着音乐的节奏，藏在长长的垂袖下的手臂动作优雅地推开那个并不存在的"负心汉"，她那银白色的手镯随着动作叮当作响。

穆尼·毕芷不愿意把卡迈勒给她的硬币都送给那个女人。而那个女人却妩媚地跳到她面前，拿走了硬币。她向小女孩穆尼·毕芷表现出了浓浓的爱意，然后缓缓后退再度唱起了那首悠扬的歌。

看完令人眼花缭乱的表演，穆尼很开心，也变得更加宽宏大量了，开始同情起那些缠着卡迈勒要硬币的姐姐。她给了姐姐一枚硬币，这样姐姐就能实现愿望了。昏暗的灯光下，笔直、静谧的树木引起了她的注意。她盯着棵棵大树寻找保姆曾在闲聊的时候提起的神灵，但惊奇地发现并没有找到任何神灵的踪迹。在舞池火把的映衬下，这些树看起来比以往任何时候都要高，高得好像

---

1 印度、巴基斯坦、孟加拉国等常见的传统服饰，类似长头巾。——译者注

刺破了天空。

头靠在卡迈勒的肩膀上，她能听到卡迈勒和一旁的胖仆人的吵嚷声，但她什么也没听明白就沉沉地睡着了。

第二天，她爸爸刚从另一座城市出差回到家，胖仆人就告了卡迈勒的状。她爸爸顿时火冒三丈，一进门就开始训斥卡迈勒。

卡迈勒是家里的仆人，可又不完全是。他从小就在穆尼家长大，虽然他是在公立医院领薪水，但是他对穆尼的爸爸却怕得要死。

"你竟敢在我不在的时候请个演出团，还把家里的女眷都带去观看这种垃圾。你在她身上肯定花了至少两卢比吧！你就是这样浪费钱的吗？"

她爸爸使劲揪着卡迈勒的耳朵，不停地责骂着卡迈勒。她妈妈恳求着，千百次地试图说服他，家里没有一位女士观赏过那个演出，她们只是透过门缝看了一眼而已。

尽管遭到了一顿毒打，但卡迈勒仍然立场坚定，否认和演出团有关系，坚称是胖仆人安排的，非要把他也拉下水。

穆尼·毕芘哭了起来。卡迈勒受到惩罚，被关了二十四小时。家里还给他立下规矩，在他结婚之前，从医院下班后必须直接回家，不能再出门。

穆尼·毕芘不忍心看见卡迈勒被打得滚烫通红的脸。她逃离了惩罚现场，来到邻居姐妹和孩子们聚集的地方。其他的小孩吓唬穆尼，说所有给舞蹈演员硬币的人都将受到地狱般的惩罚，身上会粘满炽热的硬币。

"谢天谢地！我只给她了一枚硬币！愿真主保佑我！"穆

尼·毕芘的姐姐自鸣得意地说道，还自我安慰说不会受多大的责罚。

穆尼·毕芘突然变得焦躁不安。对卡迈勒处境的悲悯之情，变成了勃然大怒。她对自己的愚蠢后悔不已。她记得勒克瑙的姨妈曾经告诉过她，在审判日跳舞和嬉戏会被视为罪过。过了一会儿，她披着妈妈脏兮兮的杜帕塔朝卡迈勒的住处走去。

"教我祷告，卡迈勒！"她说着把头扭到一边，表现出只是在需要的时候才会和他说话的姿态。

"为什么啊？现在又不是祷告时间啊。"卡迈勒低声道。

"我得赎罪。"穆尼·毕芘呜咽着说。

"什么罪？"卡迈勒在床上直坐起来问道。

"还不是你让我把钱给她的，"她痛哭流涕地说道，"我会被烧死在地狱的。"

"好了，好了，小朋友！真主绝对不会烧你的，我会跟他说让他来烧我，好吧？"

穆尼·毕芘擦干眼泪，就她所知，卡迈勒是个信守承诺的人。

因为季节变化，穆尼·毕芘病倒了。发烧两周后，她变得暴躁易怒，就连卡迈勒也没法逗她开心。她的保姆成了她唯一的知己。只有她俩的时候，她问了无数与真主有关的问题——他长什么样，是否喜欢孩子，等等。保姆认真回答了每个问题。

即便退烧以后，她仍然脾气暴躁，性格孤僻。有时她会坐在自己的小床上，表现出想让妈妈陪在身边的强烈愿望，但是奈何她妈妈琐事缠身，自然无暇顾及她。

一天，卡迈勒来找她，坐在床边紧挨着她。"明天是赶集日。"他低声耳语道。但穆尼仍然闷闷不乐，并没有搭理他。

"我本来还打算带你去集市上看看呢……"卡迈勒边叹气说道，边捻着他那向上卷起的小胡子。但穆尼仍然不为所动，忽闪着眼睛，像是有人给她喝了迷魂药。

"真是可怜的人啊！连集市都没去过。"卡迈勒哀怜道。

"不对！去年我爸爸不是带我去过吗？"穆尼愤怒地反驳道。

"那次你也没能好好逛逛——你连马车都没下来吧。"

两人之间的僵局就要打破了。

"集市上好玩的可多了，有半女人半狐狸精表演、摩天轮、蛇和猫鼬的打斗，还有好多玩具。"卡迈勒闭着眼睛，扳着手指数着集市上的逸闻趣事。

"还有会转的摩天轮呢！"穆尼回想着说道。

"还有其他更有意思的事呢：又香又辣的美味佳肴，冰激凌，还有好多油炸的好吃的……"

穆尼·毕芷高兴极了，吃够了寡淡单调的饭菜，光是听着，她就已经按捺不住内心的激动了。他俩的僵局就这么打破了，两人又和好如初了。

他们俩制订了周密计划，就连穆尼的姐姐们也不会想到，这个整天两眼放空的妹妹会这么聪明。她那干裂的嘴角露出了一丝狡黠的微笑，看着姐姐们还在拼尽全力地抓那只猫，打算拿它去换个玩具娃娃。

穆尼那天做了一整晚的梦，梦到商店里摆满了碎布娃娃，塑料人偶，洋娃娃，洋娃娃的炊具、灶具等应有尽有的玩具。穆尼对这些玩具并不陌生，小摊贩曾经拿着这些东西到她家里来售卖，但是妈妈却让她很扫兴。虽然妈妈花了四派沙[1]买下了所有玩具，但她仍然愤怒地看着妈妈，还不满意。自从妈妈给她买了玩具后，只要玩具一坏，妈妈就会一直嘟囔着说她是在浪费钱。拿到洋娃娃，穆尼高兴地欢呼雀跃，在院子里跑来跑去，结果摔倒了，洋娃娃也难逃粉身碎骨的厄运，被摔成了成千上万块的碎片。她的快乐也被摔得粉碎。她一直很喜欢颜色鲜艳、穿着漂亮衣服的碎布娃娃，她想要一个有一双会动的大眼睛、画着漂亮眼影的碎布娃娃，但是妈妈一直没时间给她做，也没有打算给她买。

这次妈妈没有在她的梦里左右她。她梦到买下商店里的所有玩具娃娃，大快朵颐地享用着冰激凌和那些又香又辣的美味佳肴，完全不用考虑食品卫生问题。她还梦到，爸爸驾着由一匹轻快、刚烈的白色骏马拉的马车，带着身着盛装的姐姐去赶集。第二天清晨在炫目的阳光中醒来，穆尼对昨晚梦境中的场景仍然意犹未尽。

起床也变得典雅端庄起来，她对其他孩子普通、庸俗的爱好完全没了兴趣，走起路来像个女王。她瞥了一眼围坐在丑陋的餐桌旁的姐姐们，她们正在狼吞虎咽地吃着面包、喝着牛奶。看到单调乏味的早餐，穆尼早已是怨气满腹，她渴望能和她父母一样，喝着冒着清香、颜色金色的茶水，吃着煎鸡蛋和其他美味的点心。虽然她哥哥有时候也会吃这些，但是茶和鸡蛋绝对是女孩的禁食品。也只有在寒冬时节，女生的牛奶碗里才会加点茶。他

1　印度、巴基斯坦等国辅币单位。1派沙=1/100卢比。——译者注

们的姨妈早已说服了妈妈，鸡蛋产生的热量太高，会加快孩子们的发育速度。但穆尼发现这种说法并不正确，因为她摸鸡蛋的时候，鸡蛋都是凉的，一点也不热。无论如何，穆尼·毕芘并不在乎鸡蛋的事，看到半熟、没煎透的鸡蛋她甚至还会觉得恶心。

"过来，我看看你的脸洗得干不干净。"一个姐姐找碴地问道。

"洗干净了，还擦干了呢！"穆尼没好气地回答说。

"我知道你洗过脸了，快来和我们一起吃饭吧！"

穆尼想跟她说，她对这些粗茶淡饭已经不感兴趣，因为还有其他好吃的等着她呢，但卡迈勒不让她跟任何人提起赶集的事，否则其他人也会缠着要一起去。

因为家庭教师休假没来上课，姐姐们一吃完早饭，就跑到院子里疯玩去了。这下没人挡她的去路了，穆尼·毕芘高兴极了。她知道卡迈勒在等她。卡迈勒把孩子们领到一个亲戚家，这个亲戚自己没有孩子，很喜欢带孩子。她总是会给每个孩子都做一束纸花，还总会给他们糖果吃。

脑海里满是憧憬的穆尼，喝完牛奶，正襟危坐地等着听马蹄和马车远去的声音。听到爸爸告别，随后是马车离开的声音，她如释重负。

卡迈勒走了进来，高兴得满脸通红。他穿戴整齐，脖子上还围了条红围巾，头上缠着正式场合才会戴的帅气的头巾。

"您看，夫人，即便先生要揍我，他也没办法拧我的耳朵了，因为耳朵都被缠在头巾里了。"

"你还真是油头滑脑啊！天黑之前必须要回来，要不你又要被痛打一顿了。"她妈妈强忍着笑声叮嘱道。

"我才不喜欢集市呢。我只想好好哄哄那个生病的小家伙。"

这似乎是卡迈勒在给她妈妈帮忙。卡迈勒给穆尼穿了一件红色连衣裙，配上一条稍微有点紧的衬裤。穆尼太激动了，根本没有注意到把衬裤提到脚后跟会不太舒服。

保姆劝诫卡迈勒只带穆尼一个人去赶集对其他孩子不太公平时，穆尼惊讶地发现她心里某个柔软的角落对姐姐们产生了一丝歉疚。

卡迈勒打开行李箱，拿出一顶镶嵌着金属亮片、形似皇冠、满是彩色羽毛的帽子，戴在穆尼的头上。这顶帽子是卡迈勒用自己的钱买给穆尼的生日礼物，但她妈妈没让她戴。她让卡迈勒把帽子放回箱子，留着给他以后的孩子戴。

倾斜的阳光下透出一股暖意，坐在卡迈勒肩上的小女孩心满意足地看着四周。麻雀从树上飞下来，在蔚蓝的天空下舒展翅膀，绕着圈子飞落下来，用喙啄啄，叼着东西就又飞走了。卡迈勒鞋子上的钉子在粗糙不平的石头路面上踢踏作响。如果穆尼闭上眼睛，她就会想象着自己骑在马上。但眼前有这么多好看的东西，她又怎么可能闭上眼睛呢！耀眼的阳光下，她瞪大眼睛，看着迎面而来充满欢声笑语的大篷车。

集市的喧嚣听起来像是蜜蜂在嗡嗡作响。邮递员正在运送这几天的信件，他认出了精心打扮的小女孩。

"你要去哪儿啊？"

"去赶集。"穆尼哽咽着答道，就好像她正在被逼着赶去婆家的路上。其实她是在想的姐姐们没能见证她的辉煌时刻。

集市的喧闹声越来越大。吱扭作响的马车从他们身边驶过，车上坐满了裹着头巾的男人和衣着艳丽的女人。拉着挤满妇女和儿童的牛车慢悠悠地走着。牛车上回荡着激动而又快乐的歌声，与牛车的嘎吱作响相映成趣。坐在卡迈勒肩上的穆尼感到有些疲倦了，她想让他走快点，但他却并未察觉，仿佛完全沉浸在自己的世界中。此时的集市开始热闹起来了。摩天轮的嘎吱声、妇女和孩子激动的哭喊声、红色和黄色的杜帕塔在摩天轮上飘扬，构成了一幅绘声绘色的图画。穆尼发现了一个又黑又大，用硬纸板和纸做成的巨大的恶魔拉万[1]隐匿在嘈杂的欢声笑语中。玩具店和小吃摊似乎已经被淹没在了滚滚人流之中。

拥挤的人群让穆尼觉得商贩篮子里的玩具好像活了过来。耍蛇人吹着笛子。一个满脸画得花里胡哨的男人正招揽客人到帐篷里看半女人半狐狸精的表演。她每一步都想停下来，好好享受集市上的快乐；但卡迈勒早已忘记了他的承诺，穿过拥挤的人群，按照自己的路线走着。愤怒勒紧了她的喉咙，让她喊不出声；她眼里噙着泪水，回头看着刚刚经过的热闹场景，一切都已经变得模糊不清了。她把下巴放在卡迈勒的头巾上，低头去看卡迈勒的脸，但她唯一能看到的是浓密僵硬的胡须，这让她想起了刚才看到的恶魔拉万。

卡迈勒终于停下了，眼前是一扇破旧不堪的门和一座土墙木屋。

卡迈勒把她放下来问道："你饿了吗，穆尼·毕芷？"她使劲

1　印度教神话中的恶魔。——编者注

地摇了摇头，希望卡迈勒能注意到她很愤怒，但卡迈勒并没有注意到。门开了，眼前是一个满地都是牛粪饼的院子。此时，院外集市的鼎沸声达到顶峰，但在院子里能清楚地听到黑母鸡"咯咯咯"地叫着，带着小鸡觅食。拴在一旁的山羊正吃着干草，喘着粗气，弄得干草屑在它周围飞舞。打开门的女人盯着小女孩看，看到她的满脸愤怒，就哈哈大笑起来，抱起了小女孩。

"我还以为你在骗我，没想到你会把她单独带来！"

她紧紧地抓着她，好像她是个无价之宝，一个装满珍馐佳肴的篮子。看到这场景，小女孩大哭了起来。不打招呼把她带离集市的痛苦实在是太大了。那个女人静静地在那儿站了一会儿。

"你为什么要哭啊？"她关心地问。

"还不是闹着要去赶集！"卡迈勒低声说着，气急败坏地把她抱了起来。女孩还没来得及因为卡迈勒冷漠的腔调再大哭一场，那个女人来救她了，冲着卡迈勒训斥道："那你干吗不先带她去集市上逛逛呢？"

"我以为你会给她准备一些好吃的。"卡迈勒边笑边说，他拉着她的杜帕塔。她挣脱他的手，脚踝上的铃铛叮当作响，跑到围栏边给小女孩抓了一只小鸡。小女孩刚拿上那只雪白的小鸡，立刻就不哭了。在溅满粪饼的土墙背景下，穆尼仔细打量了这个正在给山羊喂水的女人。她穿得跟家里的保姆差不多，光着脚，脚踝上挂着叮当作响的铃铛，手腕上戴着镯子，闪亮的鼻钉衬托着的是一双涂着眼影的眼睛。

穿着连衣裙，手里拿着那只像棉球一样的小鸡，她抬头看着那个女人的脸，想要认出她是谁。那个女人再次把她抱起来，她身上的香气似曾相识，让她想起了自己的妈妈，但是妈妈哪有时间这么抱她啊。过了一会儿，三人都在床上坐了下来，像极了关系亲密的一家人。

穆尼·毕芘环视着这个简朴的住所：锅碗瓢盆整齐地摆放在石台上；不远处挂着的笼子里的鹦鹉正在啄食水果，吸引了她的注意，把她逗乐了。女人把自己所有的情感都倾注在这个小女孩身上。因为自己的备受关注而自鸣得意的小女孩，早已将集市的事抛到了九霄云外。感受过房里的所有东西的乐趣后，穆尼·毕芘想起了卡迈勒的承诺，吵吵嚷嚷地闹着要一个玩具娃娃。那女人饭都没吃完就冲进房里，拉下一捆旧布就开始做碎布娃娃，小女孩在一旁紧紧抓着她的杜帕塔看着她做。

枕头被撕开，碎布片也被组合起来。同时，小女孩也觉得昏昏欲睡。半睡半醒时，她看到卡迈勒拉拽着那个女人的袖子。

"别这么没羞没臊的！"她生气地说。卡迈勒不屑地哼了一声。为了能保持清醒，穆尼摇了摇头，惊讶地看到了女人眼里的泪水。那一刻，卡迈勒脸上的表情让她憎恶。不愿再看到他那张令她厌恶的脸，穆尼把脸趴在那个女人的腿上，不知不觉地睡着了。她醒来的时候，那个女人递给她一个制作精美的布娃娃，布娃娃的胸部高高隆起，和成熟女性的胸部一样，服装艳丽，还镶嵌着金属亮片。

卡迈勒不知去了哪里，集市依然热闹非凡，但这两样都不是穆尼此刻最关心的事。牵着女人的裙子，穆尼跟着她打扫了房间，清理了垃圾，圈起了母鸡，还喂了鹦鹉。做完这些家务事，女人把小女孩也梳洗打扮了一番，给她的头发上了油，给她画了眼影，还在她额头上贴了一颗消灾辟邪的吉祥痣[1]。然后她就坐下来开始梳妆打扮自己。

"你买的布娃娃的首饰呢？"卡迈勒刚进院子，女人就问道，冷漠地看着他。

卡迈勒把廉价饰品扔到那个女人面前，牵起小女孩的手。

"走吧，太晚了！"但小女孩却执拗地不愿意走。

"等一下，布娃娃马上就好了！"女人伤感地说道，急急忙忙地往碎布娃娃身上缝着首饰。

"我到集市上给你买个布娃娃不就完了吗！"卡迈勒大吼着朝门口走去。"你也和我们一起去吧。"小女孩乞求道。女人把布娃娃递给小女孩，脸上露出无助的表情。

卡迈勒弯腰抱起小女孩时，惊恐地发现她画了眼影。他一边非常生气地往外走，一边用手帕尽力把眼影擦掉。穆尼惊奇地发现，女人小跑着追上了他们，她把一卢比扔给了卡迈勒，让他把他的钱拿走，然后急匆匆地跑了回去。穆尼转头看向那个女人，感觉她的心被那个女人拉扯着，她也感受到了一种莫名的孤独。就连卡迈勒现在也变成了陌生人。

他带着她在集市上逛了一圈，履行了他的承诺，带她玩了好玩的，吃了好吃的，还带她逛了玩具店；但是穆尼却一脸冷漠，对这些毫无兴趣。她一点儿也不激动。她对集市也没了兴趣。他给她买了一盒眼影，还告诉她到了家了对脸上的眼影和手里的布娃娃

的事都要守口如瓶。穆尼几乎没听到他的嘱咐，因为有东西吸引了她的注意。

集市上的一个女人吸引了她的注意，她的周围是一群人，鼓手、风琴演奏者还有火把演员紧随其后。那个女人正在火把的光亮下整理她的杜帕塔。她的杜帕塔只有一边装饰着金属亮片。为什么不是两边都有呢？穆尼正猜想着原因，脑海中突然闪现出她的整个形象——就是那天晚上在家门口跳舞的那个女人，她还给了她一枚硬币，大家还都说她因此犯下了罪过。

她吓坏了，使劲地拉拽着卡迈勒，想要引起他的注意；但卡迈勒只顾赶路，急匆匆地大步走出了集市。在往家走的路上，卡迈勒让她对他们两人的约会保密，但穆尼却沉浸在自己的世界里，就像是她把自己的一部分留在了集市的某个角落里。她想起了那只白色的小鸡，那个可以任她摆布的女人，虽然那个女人只是任由她使唤了仅仅一天的时间。

刚回到家，穆尼的爸爸就责备卡迈勒。

"你去哪儿了？"

"去赶集了。"

"你这个撒谎的流氓，我看着你从那个婊子家里出来的！"爸爸愤怒地咆哮道，把卡迈勒打得皮开肉绽。

小女孩已被吓得魂不附体，走到妈妈身边，内心充满了对卡迈勒轻蔑的怜悯之情。

"他又给你买了这么个垃圾！这么肮脏的布娃娃啊！"妈妈大喊大叫着。这下该轮到妈妈了，穆尼·毕芘渴望能立刻从她眼前消失，带着她的布娃娃飞向天堂。

她妈妈仔细看了看那个布娃娃，冲着女儿微笑，哄着她说出实情。穆尼给妈妈讲了赶集的经过，希望她能得到奖励，能拥有那个布娃娃。她妈妈又看了看那个胸部丰满的布娃娃，不以为然地摇了摇头，诅咒那个用廉价把戏腐蚀孩子们的"坏"女人。

　　保姆抢走了那个布娃娃，把它扔进炉子烧了。这可把穆尼吓坏了，她还以为保姆接着会把她也扔进火炉烧了。穆尼大哭起来。她爸爸听到哭声，走出房间，又狠狠地扇卡迈勒耳光。

英文版由伊法特·赛义德译自乌尔都语

永别了，新娘

哈蒂嘉·玛斯杜尔

Khadija Mastoor

狭窄的排水管里缓慢地流出一股涓涓细流，周围的肥皂泡沫像个保护罩保护着这股细流。他刚刚从昏暗的浴室洗完澡出来，一边用毛巾擦着头发，一边拖着一把安乐椅放到院子里，准备躺在椅子上晒太阳，稍稍暖和一下僵硬、冰冷的身体。用毛巾擦着头，他的目光落在了排水管上，水从管子里时断时续地流出来，突然他想起了一件事，一件莫名其妙地影响了他过度敏感的内心和灵魂的事。那件事发生后的好几天，他脑袋里都是一片空白。可是后来慢慢地，他又开始忘记那件事曾经发生过。但许多天后的今天，那股夹杂着肥皂泡沫的细流，又让他想起了那悲惨的一天。在他的内心深处，他能听到痛苦的呜咽；那是他自己的痛苦。他又要体验一遍和悲惨的那天一模一样的情绪和感觉。那天早晨之前，他亲身经历过，也亲眼见过太多能融化铁石心肠的案件，但他还从来没见过对他影响如此之深的案子。

　　不断出现的死亡事件让整个城市不再喧嚣热闹。活着的人都躲藏在角落和缝隙中祈求平安。凄凉的场景无处不在，就好像死神正在靠近每一个人、每一个活物，伺机捕获并吞噬生命。拥有敏感心灵的社会工作委员会成员拒绝接受这一事实：人类的生命已经如此廉价，只有把人看成和昆虫一样不值一提，才能让人从死亡的罗网中爬出来。所以，无论他们走到哪里，他们都会去寻找那些在绝望求救的人，并把他们转移到安全的救援营地。那一整天，他都在搜寻那座几乎被抛弃的城市，在角角落落里寻找那些暴乱中的幸存者，并把他们转送到营地。他筋疲力尽，拖着疲惫不堪的身体从警局往家走。当时是晚上五点钟左右，他正急着回家好好休息，突然他停下了脚步。在他前方，大约有十几个人正弯下腰，密切注视着从敞开的下水道里冒出来的东西。他走近一看，发现大门上锁着一把大锁，他们正盘算着要把这个锁撬开。

"三天前我们就已经把这栋房子里的每一个人都搞定了啊，这家伙怎么会逃跑了呢？"一个满脸恶相、双眼通红的男人摆弄着手里的匕首说道。

"那就先废了那个锁门的啊！"另一个男人说着，把脚从他悬摆着的缠腰布里露了出来，"门上有把锁，那谁会在里面呢？"他分析道，试着进一步了解当前的情况。

"如果里面没有人，那这难道是变戏法？"第三个人边说边疯狂地比画着，指着下水道，红眼睛滴溜溜地转着。肥皂水从这栋楼的下水道里渗出来，大家都看得见。

"很明显这肯定是正在进行洗礼仪式啊。"第四个人说道，在他的衬衫上擦着匕首。

曾有那么一瞬间，他想冲回警局请求支援，但是距离太远，四周又没有一个警察。

"把锁砸开！"这帮人叫嚣着。

"等等，以人性的名义……"他试图安抚这帮人，开始劝诫他们，但他刚开始就被打断了。

"当我们的母亲、兄弟姐妹被屠杀，倒在血泊中的时候，你所谓的人性在哪里？你在哪里？"好几个声音一起反问道。

"毫无疑问，在和他的人性一起睡觉呢。"那个双眼血红、一脸凶相的男人邪恶地咯咯笑着说道。

"好吧，你们看……"他又试着继续，但是绝望地把双手摊了下来。

"锁肯定会被砸开的，那你为什么要阻止我们啊？"这群人看着他，就好像他不是人类，而是个外星人一样。

"我不是要阻止你们。把锁砸开吧。"他绝望地说着。他很清楚，在那个时候，如果他极力阻挠他们，他们肯定会把他大卸八块的。

锁被轻而易举地撬开了，顷刻间，这群人全都进去了。他是最后一个进去的，尽力抑制着自己的焦虑的同时，脑袋里在飞速盘算着，他想要尽快想办法救出那个躲在屋里逃命的人。突然，一个不够周密但可能有效的行动计划闪现在他的脑海里。

"大家注意啊！"他压低声音提醒这群人，"先别轻举妄动，他可能有枪。我有把枪，让我来吧，我走在最前面；你们在后面跟着我，但一定要保持安静。"他声音低到像是在耳语。他们都同意了，开始跟在他后面。他开始上楼梯，动作缓慢，一次上一级台阶，楼梯变得好像怎么爬也爬不到到顶。一整天的四处奔波早已让他疲劳至极，可身心俱疲的他在那一刻丝毫没觉得疲惫。

他双脚一踏上楼梯，就回想起这栋楼是最先遭到袭击的。楼里的所有人都惨遭不幸，这个人怎么会幸免于难呢？他的计划是，只要一看到那个幸存者，就悄悄暗示他，让他隐蔽起来，只有这样才能救他一命。"我会提醒他，我身后的这些人会要了他的命。"他还相信，那个逃命者肯定知道这栋楼的另一个藏身之处。

他们从一楼上到二楼，然后是三楼；每一层这帮人都会彻底搜查，但什么也没找到。他总是冲在最前面第一个进入房间，但每次都是空无一人的寂静。这栋楼里像是在闹鬼。他曾亲眼看见过一些惊悚、野蛮的杀人场景，他也深知自己已没有勇气再去处理类似的案件了。他加快了脚步，把那群人远远地甩在身后。来到楼梯的尽头，他一走进正对楼梯的那个房间就愣住了。一个高挑漂亮的女孩，穿着一身干净的蓝色衣服，坐在地板上。她鼻子通红，眼睛也哭肿了，看起来面容憔悴，疲惫不堪。她正在梳理披散着的飘逸长发，旁边的地板上放着一个肥皂盒、一条毛巾、一个夹子，还有一些发卡——这些可都是确凿的证据。他不敢相信眼前的一切。她是仙女还是幽灵？她美到让人无法相信眼前的一切是真的！女孩抬起头，疲惫的双眼看到他站在那里，梳子从手中滑落。他想拯救这个可爱的"幽灵"。他灵魂深处也发出了要保护她的呐喊。他向她比画着手势，让她躲起来，暗示她，他身后还有好多人。但那个女生却好像石头一般，一动也不动，只是用绝望的眼神看着他，然后低下了头。很快，这帮人都来到这个房间，个个摆弄着手里的匕首，露出了邪恶的坏笑。

"我们翻江倒海，就抓了这么条小鱼啊！"那个血红眼睛的男人边走边说。这时，女孩的脸色变得苍白。

"可怜可怜她吧！别碰她，别碰她！"他大喊道，挡在女孩和那个满眼血红的男人之间。

"为什么不能碰她？她的身体会一碰就坏了吗？让开，小子！"人群中有人说道，接着人群一阵大笑，其中两人还把他从女孩身边推开。

"不！不！"他尖叫着，再次奋力想挡在女孩前面，但那个血红眼睛的男人把匕首放在他胸口，让他走开，然后把女孩一甩，扛在了肩上，就像扛着刚刚捕获的猎物。那个女孩一句话都没说，甚至压根儿都没有反抗，但他们要把她带走的时候，她向他张开了悬空的双臂，祈求他的帮助。那一刻，他真希望那把匕首已经刺入他的心脏。他要去追那个女孩，他们又一次把他推开，那个血红眼睛的男人把女孩的手臂搭在自己的脖子上，女孩双眼紧闭、满脸痛苦。

一瞬间，房间里变得空空荡荡，比之前更加安静了。那帮人都走了，他发现自己正坐在地板上，刚才那个女孩就坐在他现在坐着的地方，梳理着长发。想到没能拯救她，他哭得像个孩子，某种难以名状的情感让他声泪俱下。他目睹了数十名年轻女性被绑架，听到过她们的反抗和哭喊，但他都没有因而动容，但这个女孩无声的求助却触动了他的灵魂深处，让他痛不欲生。

痛哭耗尽了他的精力。他捡起被无情践踏过的发卡和别针，放在手心里，轻轻抚摸着，还摸了摸仍然湿漉漉的毛巾。然后他看了一眼房间里的床，床罩上的褶皱依然清晰可见，像是某个无法安眠的灵魂整夜在上面焦急地翻来覆去所留下的痕迹。他又开始想起那个陌生的女孩——在这里度过三天三夜，她肯定是受尽煎熬。他起身，铺平床罩，发现枕头上满是泪痕。她一定哭了三天三夜，筋疲力尽地洗了洗脸，用尽全力再次哭了起来。然后，她就开始梳头。但她为什么要梳头呢？她又为什么要用香皂洗脸呢？她完全可以用湿毛巾擦擦脸，或者往脸上撩些水。显然，她在精心准备，但她准备干什么？又是为了谁呢？

这座城市一片寂静。这栋楼也是死一般地寂静。她独自一人在这个房间里住了三天，身边没有任何活着的人，但她却在精心打扮自己。她这么做的动机是什么？为什么要这么做？这些未解之谜充斥着他的脑袋。

然后，他们把她带走的时候，她也一声不吭。他再次想起她时，她的双臂拥抱着他的内心和灵魂。要是他能抱着那个疲惫的女孩，让她的头靠在肩上，抚摸着她肿胀的眼睑就好了。想到她，又开始不安起来。他从床上拿起枕头放在膝盖上，枕头下面放着一张皱皱巴巴的字条，又脏又旧。他打开字条，上面写着："亲爱的，很快就会见到你了。我不顾一切地想要再见到你。现在，即便一场灾难阻挡了我的去路，也无法阻止我和你见面。我会直接到你房间里，记得在那儿等我，盛装打扮一番，然后……"那封信从他手上飘落到地上。

突然间，楼下传来一阵骚动，他听到嘈杂的噪声和嘭嘭的响声。或许是旁边的那栋楼正在被洗劫。他把发卡和别针放进口袋，步履蹒跚地走下楼梯，悄悄地走回了家。

他又看了看敞开的下水道，水已经不流了，肥皂泡沫也已经消退。

英文版由穆妮扎·哈什米译自乌尔都语

放　逐

贾米拉·哈什米

Jamila Hashmi

巴哈伊[1]哥哥曾经说过，"毕芘妹妹，你为什么总在白日做梦啊？你现在拥有的这些感情以及你周围的光环，都会慢慢消逝。时间可以磨灭一切，吞噬一切；悄无声息，但却无比坚定，会让我们在不知不觉中顺应天命。"

巴哈伊哥哥，此刻的你在哪里？我亲爱的哥哥。微风和空气——这些常伴我左右、浸润着乡土气息的伙伴，如果你们能跨越时空去帮我找到他，我会祈求你们去帮我找他。为何这种痛苦未见丝毫削弱？即便负重前行了数载，遍历坎坷的旅途，人为什么还会做梦呢？为什么还会有希望，还要渴望幸福呢？为什么会

1　原文的"巴哈伊"（bhai）、"巴亚"（bhayya）两词均为"哥哥"的意思，"卡哈丽丝"（Kaharis）、"麦合丽丝"（Mehris）两词均为"女仆"的意思，"阿帕"（apa）实意为"姐姐"，"巴蒂玛"（badi ma）实意为"奶奶"（文中有些地方为表达主人公的恨意，仅音译），"芭葫"（bahu）实意为"媳妇"。为区分小说人物，方便阅读，对称谓采取"音译+实意"的处理方式。——译者注

对光如此热爱呢？

印度教神话中的悉多[1]也同样如此。即便饱受流放之苦，她也要祈祷能和深爱的丈夫罗摩[2]团聚，这样她的生命中才会有光。磨难真的会让人变得如此坚强和绝望，会让人放弃对美好生活的希望吗？爱上黑暗又有何不可呢？为什么不呢？

那一年，我女儿穆尼降生时，那棵果树的花开得正艳。树枝上缀满了花朵，四季轮回；待到花儿变成果实，就会压低果树的枝丫。果树和维系它生命的土壤之间的联系更加紧密了。虽然树根越扎越深，但没人能切断树与土之间的纽带。穆尼现在已经长大了，时光脚步轻盈地从我身边掠过，我时常感慨时光的无情。

也就在今天早晨，巴蒂玛奶奶对古尔帕说："孩子，带芭葫媳妇和孩子们去过十胜节[3]吧。让他们也喜庆喜庆，她有好些年都没出过村了吧？"

古尔帕立刻反驳道："奶奶，您什么时候问过我？她几年没出门了，难道还怨我吗？"

我在一旁静静地听着他们的对话。这不是任何人的错。但很奇怪，只要有人叫我"芭葫"，我就觉得我好像真成了别人家的媳妇，就感觉像是被人虐待了一样。被虐待了这么多年，我都已经习惯了；自那个可怕的夜晚开始，我就习惯了；那天晚上，古尔帕把我推搡到院子里，然后自豪地叫嚷着："奶奶，您看，我把

---

1 印度教中的女神，《罗摩衍那》（印度古代史诗）中的女主人公，为了丈夫和家人团聚历尽艰辛。——译者注
2 《罗摩衍那》中的男主人公。——译者注
3 印度教节日，是为庆祝罗摩战胜十首魔王罗波那而设的节日。——译者注

孙媳妇给您带来了。年轻、漂亮又健康，她是今晚我们逮到的最好的一个。"

巴蒂玛，古尔帕的奶奶，正坐在木榻上。她静静地听着，没有丝毫惊喜。然后她起身，拿起瓦灯，慢悠悠地走到我面前，举起灯火仔细打量着我。她傲慢无礼的眼神在我脸上仔细审视，就好像我不是个人，而是她孙子给她刚买的牲畜一样。

饥饿、惊恐、疲惫让我难以睁开眼睛。但我知道厄运即将来临，便瞪大了眼睛盯着她。赤脚在荒野地里走了很长的路，我连抬起一根手指的力气都没有了。她要摸我时，我倒在了她脚下。正在我倒下的时候，我觉得奇怪，拴在院子里木桩上的母牛和水牛好像正沮丧地盯着我。我刚进来的时候，它们看到处境危险的我，都停止了进食，站起来盯着我看。

巴蒂玛对我的身体状况视而不见。她略显粗鲁地把我拎起来，又从头到脚把我仔细检查了好几遍："你要是表现得好，干你该干的事，我的情况也不会是现在这样。为了养活你们，填饱肚皮，我都快瞎了。要养活一家人真不容易。连卡哈丽丝女仆也不上这来了，因为我们连丰收的时候都没法给她谷子了。孩子，来跟我说说，我为了这个家是怎么当牛做马的？别整天想着那些歪门邪道，干吗不好好种种那一亩三分地？还能减轻点我的负担。"

古尔帕听她说着，轻声回答道："别说了，奶奶。您看，卡哈丽丝也好，麦合丽丝也罢，再也不用忍受那些蠢得跟猪一样的下贱仆人了，您现在有属于您自己的仆人。让她给您推磨、打水。您可以随便使唤。这些事都不归我管，奶奶，我可是真给您弄了个真正的孙媳妇了啊！"

自从那个可怕的夜晚开始，很多媳妇来到了这个村子。但没有一家举行仪式的。既没有音乐，没有村里的女孩和着多赫拉鼓[1]唱起那欢快的婚礼歌谣，也没有舞蹈表演。

那晚，没人给我满是尘土的头发上油。没人为我梳妆打扮。两手空空不戴一点饰品的我就成了新娘。也没有任何仪式，我就结完了婚。一夜之间，我就变成别人家的媳妇。没人祝福我！也没有给穷人的施舍。

听完古尔帕所说的话，巴蒂玛一脸厌恶地看着我，就好像我是她的眼中钉、肉中刺一样，就好像她的孙子抢了个令人生厌的玩意儿，还把它带回家来了。她一手提着灯光闪烁的油灯，不声不响地走进厨房，满脸皱纹的脸上眉头紧锁。在这种至关重要的时刻，没有人告诉他们该怎么迎接新娘。竟然以这种方式迎娶媳妇，真是太可惜了！

从那以后，我就变成了另一个悉多，我也遭受了放逐的痛苦，还被囚禁在桑格拉贡。

拆除为集市专门搭建的秋千的时候，他们的老板抽着比迪烟[2]，一如既往地相互谩骂着。为了要尽快离开这里，他们匆忙地往毛驴身上放着物品，把这些负重的牲畜完全当成了木桩。拉姆里拉[3]活动上才会用到的战车，就停在一旁。参与表演的年轻人，正在旁边，有的在吃冰激凌，有的在吃咸菜，周围的喧嚣好像完

---

1 印度传统打击乐器。——译者注
2 传统烟草产品，用天然烟叶卷制而成。——译者注
3 字面意思是"罗摩的戏剧"，是对罗摩生活戏剧化的民间重演。——译者注

全与他们无关。五颜六色的演出服上糖果和饭菜留下的难看的污渍，看着就像是麻风病留下的疮疤。

穆尼饶有兴趣地站在那里看着他们。我那天真烂漫的穆尼，她并不担心会在摩肩接踵的人群中迷路。即便意识到危险又有什么用呢？我在想，如果有人注定要迷路，那他肯定会迷路，哪怕是在一间人头攒动、固若金汤的屋子里。

古尔帕看到她，把她从那个摊位上拖走了。但那两个儿子却执拗着非要在每个路过的摊位上买点东西。毕竟，现在是在节日期间，这也是个气氛欢乐、热闹非凡的集市。在集市上，妈妈们顾不上孩子的安全，吵吵嚷嚷，被挤得东倒西歪，哇哇大哭的孩子被人流挤得不断向前移动，哭着喊着要找妈妈。在这种集市上迷路的人，他们怎么办？他们被找回来了吗？再也见不到他们了。那些不切实际的冥想和奇怪的疏离感，只会出现在没有经历过这种地狱的人身上。哪怕只为了看一眼那些近在咫尺的亲人的面孔，我们也愿意牺牲一切，但现在却再也看不到了。

突然，我们身后的足迹消失了，就像昆虫在起伏的流沙间留下的痕迹一样。恍惚的回忆相互交织，慢慢地和微弱的声音混在一起，这声音像是被压抑着的哭声。我们走过的路消失了，发现不可能再回到来时的路。什么都不会回来了，可人声鼎沸的人群还在享受着集市上的节日氛围，不断往前走着，一刻也不停歇。时光不会倒流，而且永远不会重走老路。巴哈伊哥哥曾经说过："毕芘，已经过去的时光会被抹去，会变成尘埃。"每当我不专心学习，开始玩玩具娃娃过家家的时候，他就会经常这么跟我说。

那个玩具娃娃过家家的房子是爸爸给我买的礼物。他是在某个展览会上买给我的。

穆尼正用两只小手抱着个大大的碎布娃娃，古尔帕还在盯着五彩斑斓的人群的动向。穆尼抚摸着她的布娃娃，焦虑地看了看布娃娃，好像也在担心她的安全。两个儿子都想要拉万的玩偶，他可是邪恶的化身。他们被周围的盛况所吸引，惊奇地注视着每一张从他们身边经过的脸。穆尼明亮的双眸充满了对她那丑陋的布娃娃的爱。那个布娃娃，一张宽大的脸上，用又大又笨的针脚缝着怪异的鼻子和眼睛，其中的一个鼻孔里装了个鼻环，也就只有这个金属鼻环才让她看起来像个新布娃娃。镶着金边的头巾遮住她的头部，双手小心翼翼地拎着腰下的裙子，姿势看起来像个要开始跳舞的舞者。

我们还要走很长一段路，要沿着乌赫查尔湖边的小路一直走，再穿过田野，才能到我们的村子——桑格拉贡。就这样，生活的大篷车一如既往地往前开着，即便你不愿意也不希望到达目的地。无论道路笔直还是曲折蜿蜒，它都会一刻不停地继续前进，你也不得不拖着疲惫的双脚在昏暗、纵横交错的乡间小路，陌生的大道或巷道上继续走下去。即便脚上伤痕累累，一无所有，心中没有任何期许，你也要永不止步地走下去，不停地走下去。

暮色中，薄雾从天穹落下，笼罩着我们。上苍知道为什么夜晚总会让我伤感不已。在遥远的夜空中，孤独的星星像一盏瓦灯的灯丝般闪烁着，青色薄雾笼罩着空旷的四周，星星的孤寂让我想起了放逐的经历。在这人类的荒野中，我突然觉得自己仿佛是一棵孤独的树，既不开花也不结果。

这颗孤独的星星让我想起了我哥哥出国时搭乘的那艘船；当他即将启程去往遥远的国度时，妈妈的声音已经因过度悲伤而变得哽咽。但拥有强大而又坚强内心的她，早已为他把行李收拾妥当。妈妈一边为他打点行装，一边在默默祈祷。屋外，爸爸也在忙碌地准备着。巴哈伊哥哥除了有前往异国他乡的兴奋，还有满脸的悲伤和忧郁。阿帕姐姐也在忙着，蹑手蹑脚地在屋里走来走去。只有我在兴奋地叫着、唱着。这也很自然，除非你受伤了，否则你怎么会感受到伤口的痛呢？

我们到码头为他送行。巴哈伊哥哥在舷梯上踱来踱去，看着其他人搬行李。百无聊赖的我走到护栏边上，把手放在上面，弯下腰凝视着下面发绿的浑水，然后突然问哥哥："这儿的水为什么这么奇怪？水面上为什么会有这么多油污？这些神秘的轮船的秘密是什么？为什么会有那些船桨？为什么还会有锚？船在波涛汹涌的海面上摇摆和颤抖的时候，你不会害怕吗？"

问题，总有问不完的问题。这些问题经常困扰着我。那天，我那些接二连三的问题也难住了哥哥。他回答说："别没了耐心，毕芷。等你长大，你就会知道这些问题的答案。你还会明白一切。"

而如今，我学会了很多。我也已经知道了那些问题的答案。我知道船是怎么回事。如果没有船桨，船就会沉。停在河边或是海边的船，也会沉。根本不需要驶入海里，哪怕只是一个海浪也足以淹没一艘船。长大后，我知道了这些秘密。唉！但是，巴哈伊哥哥已经不在我身边。

那天，我们每个人都陷入了沉思。船上突然响起了悲鸣的汽笛声，我们知道巴哈伊哥哥就要出发了。爸爸温情地抱了抱他，一只手放在巴哈伊哥哥的头上，祝福着他说："好吧，我就把你托付给真主了。"巴哈伊哥哥深情地抱了抱他。阿帕姐姐一向心软，每次离别都会哭。那天她也哭了起来。巴哈伊哥哥安慰她说："你看毕芷，她多开心啊。别哭了！我两年后就回来了，又不会永远不回来。好了好了，擦干眼泪，微笑着跟我说声再见吧！"然后他抚摸着我，温柔地把我抱在怀里说，"毕芷，你是个勇敢的女孩。我会从巴黎给你带漂亮的礼物，要定期给我写信啊！"我点了点头答应了。

当听到船上最后一次拉响的汽笛声时，他和我们道别，漫不经心地往船上走去，就像是要去附近的城市一样。他离开后，我们一直在原地挥舞着手帕，直到那艘船驶离了我们的视线。暮色中，港口明亮的灯光在不平静的海浪中闪烁，船上的航标灯像天上的孤星一样眨着眼睛，慢慢消失在遥远的迷雾中。突然，我周围所有的光都被永远淹没了在海水中。那是末日的开始，自那晚以后，没有一束光再出现在我波澜不惊的生活中。

那一天的记忆在我脑海中清晰如昨。看着那艘船消失在海天相接的地方，我的内心有种奇怪的感觉。我突然抱着妈妈，大声叫了起来。我觉得，内心深处似乎在告诉我，我永远不会再见到哥哥了。"你再也见不到他了，毕芷。"这个不祥的预兆，让我的心怦怦直跳。就像空旷的天空中那颗受到惊吓的孤星，在青色的暮光中颤抖。

在遥远的庄园里，黑暗的夜幕正慢慢地舒展着翅膀。古尔帕原本抱着的两个儿子，现在被他扛在了肩上。他在我们前面率先穿过田野，走在一条像巨大的白色带子、蜿蜒曲折的小路上。我和穆尼也在疲惫不堪地走着。跳过好几条河道，穿过田野后，他会等我们。为了打发时间，他会讲拉万劫持悉多的故事，但他根本没有意识到悉多其实就在他身后，而他自己其实就是拉万！

当我沉浸在不断涌起的回忆中，穆尼突然问道："妈妈，萨鲁蒲的舅舅在十胜节给她送了好多漂亮衣服。都是丝绸的，摸着感觉很舒服。妈妈，有没有舅舅会给我送礼物啊？我舅舅在哪儿啊？妈妈，你怎么不回答我啊？你怎么这么安静啊？你喜不喜欢集市啊？我觉得你肯定是很累了，对吗，妈妈？"

"是的，穆尼，我很累了。"我轻声回答道，然后又补充道，"我也老了。"

穆尼吃惊地看着我，然后微笑着自信地说："老了？不，不，妈妈，你看起来和我在村里看到的那个女神的画像一模一样。巴蒂玛老奶奶也说你是提毗[1]。"

穆尼还很小，她根本不知道我经历过什么。她也不会意识到，人与人之间的差距会如此巨大，大到无法衡量。如果有人痛苦地挣扎、绝望，心中没了任何期待的时候，他就适合被敬拜了。在去往桑格拉贡的路上，热切地等待着那些已经失去的人时，我的双眼就已经失去光明，因期待而变得暗淡无光。我的内心也是空无一物，早已没有任何感觉了。

穆尼又接着问道："妈妈，我们真的没有舅舅吗？"

我虚弱地看着她。我该怎么回答呢？我能跟她说什么？站在十

1．梵语中"女神"的意思。——编者注

字路口，我开始回忆。

巴亚哥哥很爱我，但我却很怕他。只要他在家，我的头巾就会自动盖在头上。在他面前，我习惯了轻手轻脚地走路，和声细语地说话。每当我站在他身边时，我就会想：没有人比他再高了吧？我的巴亚哥哥，他做事谨慎、谈吐优雅，写得一手干净、工整的好字。他从来不会在笔记本上乱涂乱画，也不会把墨水弄到手上。我永远也没法写得像他那样工整。每次写字写得很沮丧的时候，他总是鼓励我说："别着急，毕芷，等你长大了，你也会写得和我一样整洁漂亮的。"

如果写字整洁、不带墨迹的巴亚哥哥见到现在的我，谁知道他会说什么。我的命运之书已经满是污垢，整页都是一坨一坨的墨迹。没有一页能找到一行端正的字迹。我压根儿就没学会怎么才能写得端正。那时候，布置完玩具娃娃的小屋，我总在想：这房子也太大了，我们都可以住在里面，妈妈、爸爸、我，还有巴亚哥哥、巴哈伊哥哥和阿帕姐姐都可以住进来。我们会幸福地住在那里。生活是首浑厚、快乐的歌，无欲无求。

巴亚哥哥结婚后，我当时还说："我们家就是天堂，是一个神圣的极乐世界。"那时候，如果让我举起手来祈祷，我都不知道该为什么而祈祷——我没有任何需要祈祷的事，也不需要真主安拉的保佑。而现在，即便是在那些最煎熬的日子里，我也没有向真主安拉祈求什么。生活的旋涡是如此奇幻，幸福和痛苦的极点居然是重合的。

巴哈伊哥哥去了国外，我梦想中的天堂也开始坍塌。生活的碎片就像锋利的玻璃碎片，散落满地，伤害路过的行人。他们跛着脚，没法穿过马路走到另一边。这条路的周围荒凉得像火葬场，异常地安静、诡异。我看不到任何人、任何物品，甚至在遥远的地平线上也一无所有。在这样病态的环境中，在这片不毛之地，有谁能听到悉多的恸哭呢？孤独和寂寞的痛苦是如此残酷，生活是如此艰难。

古尔帕站在离我很远的地方，大声呼唤我和穆尼。但我们仍然慢慢地走在一片棉田里，棉田里只剩下残茬，棉花已经全被拾走了。麦田里，麦穗还没长出来，没结一粒麦子。风很大，一阵阵风吹弯了田里的庄稼。当它非常强大时，只能弓着腰顶风前行。面对狂风，人人都得如此。

此时的巴蒂玛肯定已经坐立不安了，甚至会忧心忡忡吧。谁也不知道她为什么这么担心我逃跑，好像她曾受到某种未知恐惧的沉重打击。这条能通往另一个国家、让她恐惧的路，明明危险无比。我根本没有能力从这条和古尔帕一起去集市的路上逃走。你能走多远呢？尤其是你连去哪里都不知道，又能走到哪里去呢？一个被抢来的女流之辈，双脚满是水泡，心里满是伤痕，我能到哪里去呢？穆尼挡住了我的去路，我又怎么舍得离开她呢？穆尼是一层厚厚的面纱，挡在我和他们之间。我和他们之间的距离如此之大，隔阂如此之深。我怎么会舍得撕开这层面纱呢？

三三两两的流浪艺人从我们身后走来，他们唱着虔诚的歌。人群好似被乌赫查尔湖边的集市 "封冻" 了好几个小时了，现在也该 "解冻" 了，人群四散开来，散落在各条道路及交叉路口。玩累了的孩子哭闹着。大嗓门的男人大声地说着笑着，从我和穆尼的身边经过。紧随其后的是光着脚、衣着鲜艳的村妇，她们头上都裹着面纱。手里拿着刚从集市上买的一包一包的糖果，孩子们紧紧地挂在她们身上，她们步履轻快地走着。为了走得更快一点，她们都脱了鞋，把鞋系在头巾上。她们每个人都是这样把鞋系在头巾上再甩到背后。

那些刚才从我们身边经过的男人们已经走出很远了，变成了一个个小白点。我仍然能听见其中一位演奏单弦乐器的声音。他也正走在去往桑格拉贡的路上。这种乐器弹奏出来的音乐和着低沉的歌声，不由得让人心生怜悯之情。这些民歌都与生活有关。巴哈伊哥哥说的没错：在没有光的迹象时，在光根本不存在时，还是会有人渴望光明。是不是因为他恐惧黑暗啊？

现在我听不到那把琴弦振动发出的声音了，但偶尔一阵微风，会把他的歌声和琴声又吹到我的耳朵里。突然，穆尼问我："妈妈，你怎么这么安静啊？继续说话吧。妈妈，我害怕。"夜色渐浓，天越来越黑，她想要紧紧地抓着我的手，就在这时，她的玩具娃娃掉了下来。她迅速捡起玩具娃娃，神情沮丧，我能感受到，她的声音已饱含泪水，也就没办法再问我问题了。

等穆尼长大以后，她也会明白惧怕黑暗只会是徒劳，黑暗反而会支配你，让你什么也做不了。巴哈伊哥哥曾说："毕芷，流水的力量很大，大到可以劈开自己的道路。"他这句话的意思是什么？难道流水和黑暗一样极具破坏力吗？

巴蒂玛叫我的时候，我都会用头巾遮住额头。"是的。"我轻声回答道，"什么事啊？巴蒂玛奶奶？"然后我尽力让自己忙碌于日常的琐事，这样我就无暇顾及孤独了，慢慢也就学会与我身边的黑暗和谐共处了。

过去有时间冥想的时候，我觉得好像没什么可想的。现在，很多事都需要冥思苦想，但又没有时间去想了。人生的每个阶段都会有缺失和遗憾，贫乏的感觉总是挥之不去。从来没有什么事能让我平静下来。现在，我闭上眼睛，我的内心总会轻声说：该来的总会来到的。巴亚哥哥一看到我，肯定就会说："毕芷，你这是在演戏吗？你这是扮演的什么角色？你脸上的面纱和头上的头巾一点也不漂亮，赶紧把它们扔了！毕芷，你看我给你带什么来了。别再干活了，别再做家务活了，来坐到我身边。要知道假期很短，而且过得很快。我在家的时候，你哪儿都不能去。"

我们舒服地坐在客厅的沙发上，四周摆放着巨幅照片；或是坐在我们冬天常坐的壁炉旁谈天说地，我们的笑声都很大，仿佛生活就是持续不断的笑声。我们一直聊到深夜，妈妈在睡梦中被我们吵醒，常常会睡眼惺忪地责备我们："我的老天啊！快去睡觉吧，明天还得早起。"这种情况下，通常都是巴亚哥哥大声地回答："妈妈，我这么长时间不在家，一年到头我都是一个人悲伤孤独地入睡，就让我们好好聊聊天吧，着急什么啊？我们瞌睡了就去睡觉。"

每每这时，我就会想，这些欢乐时光终会烟消云散（上苍知道其中的原因）。这些快乐时光会和所有的事物一样，最终消失在尘埃中。我们用爱建造的"天堂"，也会被沙尘暴掩埋，变得毫无生机。我们都是影子，像墙上的照片一样。我总是很疯狂，也很傻，总会迷失在奇奇怪怪、病入膏肓的想法中。

直到现在都是如此，好像我也没有丝毫改变。我的内心总会梦想着那些不切实际的事。每当我试着对它有信心时，总会听到：

毕芷，这有什么关系呢？梦想是不可控的。梦想着有天能见到他们所有人从那扇敞开的门走进来，这有什么错啊？他们难道不是你最爱的人吗？难道不是你热切期盼见到的人吗？

这些问题，我很困惑也很彷徨，只能回答：我已经一无所有，唯独只剩下黑暗的忧郁和绝望。

但这又不能说服我的内心，我的内心深处曾经也散发着那熟悉的希望的芬芳。

我该期待什么呢？这时，穆尼抓着我的裙子问我："妈妈，我舅舅怎么了？为什么他从来不来看我们？我们不应该在排灯节[1]去拜访他吗？排灯节的时候，所有的女孩都会去舅舅家，所以我才这么难过。妈妈，求求你，就带我到舅舅家去一次吧！"

我静静地听她问着。她舅舅家在哪儿？在哪座城市？我又该问谁呢？桑格拉贡以外的所有村庄对我来说就像是玩具娃娃的小屋一样，一点也不真实。就连桑格拉贡也只是个虚无缥缈的影子。我周围的一切就是一个巨大的黑影，黑暗、沉寂又神秘。我也不知道为什么我这个不安分的灵魂还要继续四处游荡。它还想探究事物的真相，还想尽力去找寻那些已经不存在的东西，还渴望听到那些永远再也听不到的声音。

用头顶搬运一筐筐的牛粪饼，给奶牛、水牛挤奶，把牛粪饼制作成燃料……上天知道我的心为什么会恐惧到怦怦直跳。阵阵微风中，我能嗅到那熟悉的芬芳。突然间，我听到了那熟悉的曲

1　印度教、锡克教和耆那教"以光明驱走黑暗，以善良战胜邪恶"的节日，每年10月或11月举行。一些佛教徒也庆祝这个节日。——译者注

调。直到现在我才知道为什么会出现这些奇怪的感觉，因为残酷的现实会让我脱离自我。但现在又有所不同，我知道真相，苦涩的真相。我也知道我爱的人在哪里。那块梦想之地对我来说已经遥不可及了，就像桑格拉贡的小路一样，这些蜿蜒曲折、互相交织的路，会一直延续下去，直到慢慢消失在被遗忘的记忆中。我怎么做，才能在本就虚无缥缈的梦幻之城找到真正的梦想呢？

透过家里敞开的房门，瓦灯上摇曳的灯光就像一幅神秘仙境的图画。古尔帕和两个儿子，穆尼和我，肩并肩地走着。一阵微风吹过，卷起了路边田野里柔软、轻盈的芦苇花，拂过我满是尘土的头发。夜晚令人昏昏欲睡，如果有同伴相陪，旅途就会变得异常轻松。

穆尼抱怨道："妈妈，我太累了，走不动了。"两个儿子也开始哭闹，他们的双眼也困倦地耷拉着。我们走到路边，在田埂上休息了一会儿。古尔帕说："看看集市上这些女人，多蠢啊！今天丢了好多孩子，她们笨到把自己也给弄丢了。只顾得在那儿高兴，就和孩子分开了。你说她们是不是疯了？"

"就是不去赶集，孩子们也还是会丢的，对不对？"我摸着穆尼，看都没看他，反问道。

"你永远忘不了那件事吗？那时候不一样，现在完全变了。"古尔帕轻声回答道。

我怎么会忘记呢？我该怎么跟古尔帕解释时间从来不会变化呢？时间永远不会改变，也从来没变。只有经历了悲伤和痛苦，才会让人无法忘记。在我的记忆中，那些悲惨的日子仍历历在目。到处都是熊熊大火，国家分裂了，妈妈和爸爸都认为："这些人已经失去理智了，他们毫无理由地害怕。这就是为什么他们要逃到另一个国家去的原因。在这么多的亲人之中，谁会给我们带来痛苦呢？"

他们是多么单纯和天真啊！痛苦总是由至亲至爱的人带来的。陌生人根本不会让人悲伤。独立前的那天晚上，生命失去了颜色，路上血流成河。打着薄伽梵[1]、古鲁[2]以及真主安拉的名号，人们开始互相残杀。那些愿意为拯救母亲、姐妹和女儿的名誉而献身的人，把女性的贞洁和名誉看作神圣不可侵犯的事。妈妈曾经跟爸爸商量说："我很害怕，咱们带上女儿移民吧。"但父亲平静地回答道："没必要这么紧张。哪有人伤害我们啊？国家分裂在所难免，过不了几天骚乱就会平息的。别担心，一切很快就会变好的。"

通常这样的安慰会让妈妈心安。但是那天，她仍然忧心忡忡，爸爸的话并没能说服她，她说："不光是生命，连名誉也是一样岌岌可危，我们有两个已经长大的女儿。听我的话，把她们送到边境那边我弟弟家去吧。"

"现在路上也不安全了，地痞流氓已经把所有去巴基斯坦的路霸占了。火车也不安全了。勇敢点，在家待着吧。真主安拉会保佑我们的。"

我确定，他也很担心，虽然他竭力装出一副沉着冷静的样子。但他并没有意识到时间的无情，它会悄悄地在不知不觉中溜走。

1　印度教中的天神、世尊。——译者注
2　印度教中的宗教导师或领袖。——译者注

爸爸错在没有意识到周围发生的流血事件的真正意义。他也因此付出了代价。古尔帕把我从家里拉出来的时候，我看见爸爸满是灰发的头躺在排水沟边，身体被扔进了水沟。其他人都没有注意到他那紧闭的双眼和沾满血迹的脑袋，还在继续虔诚地向上苍祈祷。那时就不是祈求真主安拉庇佑的时候。就在这时，一把闪闪发光的矛刺穿了妈妈的心脏，顷刻间，她的头就倒在了刚才虔诚祈祷的地方，几分钟前她还在为自己的女儿和名誉祈祷，希望免遭暴徒的侵袭。

此时此刻，在这风雨交加的夜晚，我还能听到爸爸的惨叫声。当时我的无助和现在一样。古尔帕粗鲁地拖拽着我。当时我头上没戴头巾，路上也不可能遇到巴亚哥哥。如果他和我在一起，谁还敢碰我？没人会想到我会在自己的祖国的街道上被人掠走，祖国的每一寸土地都是我所珍爱的。街道上浸润了我爸爸的鲜血，他白发苍苍的头颅落在尘土中。那片土地在哪里？我的祖国在哪里？哪怕只能看一眼祖国的土地，我也会肃然起敬地捧起一抔土，毕恭毕敬地亲吻它，把它放在额头上。啊！土地！啊！那片土地的尘土！你们比我幸运多了！

我有千言万语要对爸爸说。打从出生起，我就在取笑妈妈，巴亚哥哥和巴哈伊哥哥也未能幸免。在我被拖到桑格拉贡的可怕夜晚，没有迎娶的马车，也没有一个哥哥为我送别。我能向谁抱怨呢？我要离开父母的故乡，离开我从小就住着的房子时，没有人为我送别，我又能向谁哭诉呢？

在我的新家，我忍受着痛苦和饥饿，忍受着巴蒂玛的殴打和古尔帕的虐待，只希望有一天巴亚哥哥或巴哈伊哥哥会到桑格拉贡来找我。我会宽宏大度地看看巴蒂玛，看都不看古尔帕一眼，就和哥哥一起回家。那一天，和煦的微风在茂密菩提树叶之间欢快地嬉戏着，发出团圆的喜悦之声，整个村庄也会为此欢欣鼓舞。我不知道为什么人人都会认为自己是宇宙的中心。

在希望和绝望之间，两个国家突然恢复了和平。这让古尔帕非常难过。他总是一副惊恐的样子。他会经常坐在厨房里压低声音和巴蒂玛说话。他们的谈话都是保密的，我从来也不知道他们在谈什么。那时，穆尼才刚开始走路。一时间，和平的消息不胫而走，流传开来；但很快，像一阵旋风，又杳无音信了。没人来接我回去，也没有军队来遣返我。

后来，我听说，另一个国家的士兵在附近的村里抓了很多女孩，然后把她们都带走了。带去了哪个国家？交给了什么人？这些我都一无所知。

那时候，我还存着希望：我的哥哥可能很快就会来找我。他们已经在神秘之城的大门外等我很久了。我应该回去。我每天都满怀希望等着他们，目不转睛地盯着小巷的拐角处。

那年冬天，士兵终于到桑格拉贡来把我带回去。但是，我除了是巴亚哥哥和巴哈伊哥哥的妹妹，还成了穆尼的妈妈。然后，我就想，天知道这些人都是谁。哪个国家才是我该被遣返回去的？

有生以来第一次出现了让我的信念开始动摇的情景。我梦寐以求的城市消失在一片阴霾中，突然间，我感觉我在桑格拉贡土壤里的根变得更深、更牢固了。有谁会喜欢枯萎和毁灭呢？每个女人都得告别自己的娘家，住进丈夫家。结婚后，每个新娘都会换个地方。在我的婚礼上没有哥哥那又如何呢？古尔帕用尸体铺成的红地毯迎接我，还把我们的村子点着为我照明。疯狂逃散、拼命尖叫、大声哭喊的人们为我的婚礼烘托氛围。

天知道我盯着古尔帕给穆尼买的书里的字母看了多久。哥哥曾经讲过的那些故事在我脑海里回放。巴亚哥哥曾经说过："毕芘，其他书里会有更好、更有趣的故事。只要你长大，就能读懂它们了。"

正如故事中所发生的那样，军队来遣返我的时候，我像公主一样躲了起来。我怎么能和陌生人一起走呢？为什么我哥哥没来？我被深深地伤害了，直到现在都能感受到伤口的疼痛。

夜深人静的时候，穆尼躺在我的身边，用同样的腔调问道："妈妈，排灯节我们为什么没去舅舅家啊？为什么没人给我们送糖果啊？"

我真想告诉她：穆尼，你舅舅从来没找过我，他也没把我带走。有谁会浪费这么多时间去找人呢？

巴亚哥哥的孩子的年龄应该和穆尼相仿。巷子里的媳妇们在楝树[1]下载歌载舞时，我总是沉默不语。这个时候，我们的院子里总是热闹非凡。祖国的歌曲曲调轻快。时光荏苒，四季交替，每年都有一些父亲或兄弟来到这里接走一些幸运的女孩。阿莎、雷卡和昌达尔激动万分，高兴地四处奔跑。在回娘家之前，她们拥抱了所有人。但是我的生活里什么也没发生。

1　落叶乔木，一般高12至20米，是一种古老的树种。树冠宽阔而平顶，小枝粗壮。羽状复叶，各小叶卵形或披针形，全缘或有锯齿。其干皮、根皮含苦楝素、水溶性成分及其他苦味成分，可入药。果实可炼油，有毒，误食或可致命。——译者注

随着时间推移，巴蒂玛开始信任我。切断与过去所有的联系后，我和巴蒂玛的联系变得更加深厚，更加稳固。我现在已经成了她亲爱的孙媳妇了，地位相当于财富女神拉克希米。别的女人在抱怨自家媳妇的时候，她总会自豪地说起我，让别人羡慕不已。

尽管她态度改变了，但我还会继续我的梦想。总有一天，在那些疲惫不堪、背着沉重草料的农民身后，会突然出现一个骑着骏马、英俊潇洒的年轻人，我会冲出去大喊"巴亚哥哥，巴亚哥哥"，然后拥抱他。我是多么愚蠢啊！我站在门口能等到谁？我的希望早已破灭，我还要带着这些早已逝去的希望游荡多久？看着空荡、荒芜的十字路口，为什么我的眼里满含滚烫、醒悟的泪水？如果这些咸咸的水滴落在穆尼身上，她会很难过，还会马上问："妈妈，你为什么哭啊？"

我怎么能告诉她为什么呢？我该如何告诉她这些年来我所遭受的痛苦，还有这其中的原因呢？

古尔帕把两个儿子都扛在了肩上，穆尼和我跟在后面，我们都要去桑格拉贡。悉多之所以没有被再次放逐，是因为她选择屈服于造化弄人的命运，接受和拉万一起的生活。从她的故事里，我能否鼓足勇气再次面对生活中不确定的风险，走出这段阴霾呢？

所有生命中的光芒和光彩都已离我远去，就像之前我的家乡一样，渐行渐远。即便如此，我还是无法爱上黑暗。上天知道这是为什么。我知道我必须继续走下去，疲惫像可怕的疼痛一样在我身上蔓延开来，四肢疲乏无力。即使那样，我也得继续走下去。

生活的陀螺上，每个人，无论是在自己温暖的家还是被放逐在外，都是被迫前行。我拖着淤青的双脚继续往前走，有时会陷入沉思。我的哥哥们一定也常想念我，肯定也会为我的遭遇感到悲伤、沮丧。

我最担心的是穆尼。明天她又会问一些令我尴尬和痛苦的问题。没人能给她满意的回答。我不能，古尔帕和巴蒂玛也不能。为什么有些问题如此难以回答？

在漫长、寒冷的冬夜，痛苦点燃了篝火，唤醒了曾经的梦想，聆听它们的故事。也许它们都是真的，但故事又怎么可能是真的呢？人的内心是非常固执的。我不知道为什么总会想起那些已经消逝在黑暗迷雾中的日子。除了留在桑格拉贡，还会有什么其他想法呢？除了这里，我还有其他容身之处吗？在这崎岖不平、跌宕起伏的村中巷道里，死亡的气息夹杂着谷物的气味，像生命的溪流一样四处流淌着。又一天结束了。时间就像一阵风，日日夜夜缓慢而稳定地过去了。上天知道我还要走多久，我还会在这条路上经历什么。

英文版由安瓦尔·埃纳耶图拉译自乌尔都语

赤身裸体的"母鸡"

阿尔塔夫·法蒂玛

Altaf Fatima

"用衣服给她们遮挡一下吧。"

这是我的内心深处一遍又一遍的呼喊，但却没人听得见。没人听见我的呼喊是因为大家都沉溺于聊天，一直在喋喋不休。用各种腔调七嘴八舌地聊着天下事，比如这位穿着蓝色长筒袜、留着短发、声如洪钟，正在慷慨激昂地演讲的女人。

"如今，巴基斯坦女性已经可以走出家门，走出家里的安全地带。为什么？因为她要保证生活水准不降低，还要努力保持自己的收入和家庭开支之间的平衡。现在的巴基斯坦女性肩负着双重重担，忍受着双重折磨，那就是她们既要养家糊口，还要操持家务。"

另一个声音对手上戴着将近一磅[1]重的明晃晃的金手镯的讲话者酸溜溜地说道："今天你又戴了一副崭新的手镯，这副手镯

1　1磅≈0.45千克。——编者注

可比你之前向人炫耀的那些要宽很多、厚很多。"她的脸变得通红。

"你干吗这么难过呢？这可是我丈夫送给我的。"

"但这是第四副新的金手镯了。"她那像是被嫉妒灼伤了的沙哑嗓音说道。

"你的丈夫也可以……"

"但是，衣服，谁来用衣服给她们遮盖一下啊？"

我的声音完全被淹没了，就像小鸟尖锐高亢的叫声消失在舞台上震耳欲聋的打击乐声中一样。我刚说过的话被切成了碎片，散落四处。再加之，我说的话前言不搭后语，混乱无序，所以我更适合听听哪些面料适合裁剪什么衣物之类的话题，而不是高谈阔论。绿油油的草地上，在满是红色花蕾的石榴树旁，我们舒服地躺在安乐椅上，金链花树上满是一串串恰似黄色烛台的花，把树荫装扮得美丽极了。我们面前摆着茶杯，托盘里放满了烤肉片、三角饺和炸薯片。我一直很好奇，为什么我们日复一日、年复一年地吃吃喝喝，却没有对此感到厌倦呢？

朵朵云彩映衬的天空下，茶杯里升腾起的热气呈现出一派五彩斑斓的美景。

"但是她们赤身裸体……"

一个声音说："她裙子的面料一码[1]布就得一百二十卢比，这只是她的日常穿着。"其他几个声音附和道："太棒了吧！""我的天哪！""简直无话可说啊！"纷纷称赞面料的质

1　1码≈0.91米。——编者注

量和精美的印花。因此我那句没有说完的话，再次被切分开来，就像从绳上滑落的珠子，断断续续，坠入无尽的黑暗之中。

即便"重新开始"也没法再把这些"珠子"串到一起了，因为有个声音想知道售卖这种稀有布料的店铺的位置，这种布料售价高达一百二十至一百五十卢比一码。另外几个声音异口同声地想要知道那家店铺的详细地址，实际上是所有类似店铺的地址吧。换句话说，这种乐于助人的愿望其实遮蔽了她们内心的苦楚，也就是说，巴基斯坦女性每天早晨黎明时分就要出门，一切听从真主安拉的安排，无论是开汽车，坐公交或者三轮摩托车，都只是为了保证收支平衡，她们什么也改变不了。这就是命运使然。女性理所当然应该穿些像样、得体的裙子……我也一直在思考，有没有比我过得好的人。对，过得比我还好的人。我总想说点什么，但每次说的话都以混乱告终。每次说话被别人打断，就像珍珠项链断了线。珍珠不断滑落，跌入地下世界的黑暗之中。

因此，从某种意义上说，她并不比我好多少，她总是静静地站在阴冷房间的门口，目光空洞地看着我们，一言不发；我们猜测是因为没有地方让她舒适自在。她一直都在沉沦，不断地堕落。她总是格格不入。

我们感到快乐、满足还有骄傲，因为我们已经站稳了脚跟，而她却还没有立锥之地，只会继续滑落……到最后，谁也没法阻止她跌倒。为那些已经逝去的人的灵魂祈祷时，我们所有人都带着满足和骄傲。我们能感到满足，是因为我们还活着，我们的手指还可以捻着念珠或枣核，细数为已经逝去的人祈祷的次数；我们满足是因为，至少此时此刻，我们还没有身穿白色寿衣躺在那里，而是身穿价值一百二十或一百五十至一百八十卢比一码的衣服。没多久，我们就离开了这个焚香烟气袅袅，散发着乳香的地方，我们直接驱车来到了布料市场，市场里有很多英俊潇洒、体格健壮的中年布商（这是售卖这种布料商人的旧时称谓，那时售卖这种布料的地方被称为"布料巷"）……但令人颇为恼火的是，这个市场完全与所谓的"布料巷"名不副实。是的，我正要讲，那些布商头上歪七扭八地缠着五颜六色的头巾，头巾上的刺绣流苏耷拉到肩膀，他们把光滑、柔软如丝般的布卷就平铺在我们的脚下。

正如神话故事中的一个人物所说，"只见一面，便终生难忘"。

我带着疑惑，走在这个新月形的市场里，看着那些店铺。它会是什么样子？这里又有什么秘密呢？但转念一想，只有不为人知的才能称得上是秘密。谁能揭穿这个秘密呢？过去的那些日子又浮现在我的脑海中。在那个昏暗的夜晚，我在这个新月形的市场里踱来踱去，走在泥泞的路上，绵绵的细雨，淋得我浑身湿透了；和我一起并排行走的小男孩也被淋湿了，他手里紧握着三支笔，他想要把笔尖换掉。他脸色发白，神情紧张地说道："明天早上就要考试了，我还需要一块垫板。"

也许这里住着的都是些奇怪的人。为什么？

因为这个市场里能买到的东西只有鞋、衣服还有女性化妆品。所以怎么会有人给他换笔尖呢？他到哪里才能买到考试用的垫板呢？在这里住着的人难道不需要其他东西吗？只需要……他满眼悲伤地看着手里的笔，现在已经是深夜了。

我为此愤愤不平，因为用芦苇或藤条写字的时代已经一去不复返了，现在也没有必要为了找个更换笔尖的地方在购物中心逛一大圈。只需要从墨水盒里拿出小刻刀，削削笔尖就好了，之后就可以继续尽情书写，享受笔尖在纸上发出的刮擦声了。另一方面，生活中，我们除了换笔尖或把笔放错地方，似乎什么也没做。小男孩再次非常认真地在市场里转了一圈，还是想要找到一家卖文具的店铺。

那我呢？我想用手捂住他的眼睛，不让他和他那天真无邪的目光看见那些高傲浮夸的场景。

为什么？

你自己好好想象一下那种场景！纵观整个市场，从这头到那头，每个入口处，到处游荡着伸长脖子、赤裸身体的行尸走肉。他们的脚下燃烧着熊熊烈火，火焰烤化了赤裸的身体上的脂肪。空气中弥漫着一股烧焦肉体的恶臭。

噢！上天啊！您可以洞穿一切，但并没有揭露我们的缺点。谁来遮盖他们的赤身裸体呢？在正对入口处的地方，那些裸露的尸体已经被吊起来了。店铺里充斥着价值不菲，如丝般润滑、柔软的布匹，一捆一捆都是。这里的人……我是说住在这里的人难道只穿衣服，不需要买其他任何东西吗？其他东西为什么在这里买不到？小男孩却不以为然，反问道："为什么？你现在想要什么啊？这里应该卖什么？你觉得这些店铺里应该摆着米格战斗机和F16战斗机吗？"我说这些的时候感觉自己已走投无路、孤立无助，这时，不怀好意的绵绵细雨变成了风雨交加。出租车站的三轮摩托车也不见了踪影，即便有，也是无济于事了。他继续说着，完全没注意到我满脸困惑，他握着钢笔的那只手攥得更紧了，脸上露出失望的表情。

毛毛细雨，变成了雨声潺潺，愈发让人心生厌恶了。我不想在入口处的棚子下面躲避风雨，因为我讨厌那些一丝不挂的裸露女人，哦不，我是说那些让人讨厌的赤裸"母鸡"。

在我看来，那些赤裸的女人，抱歉，应该是一毛不剩的"母鸡"，被挂起来面朝价格不菲的布匹是有原因的。目的就是为了要嘲弄她们，告诉她们无论她们自己或她们的丈夫挣了多少钱，也不管这些钱是辛苦工作挣来的还是通过贿赂轻易得到的，都必须花在这些光滑、柔软、如丝绸一般的布匹上；如果她们没有这么做，她们会被活活钉在十字架上，脚下燃烧着的地狱之火，会烧化她们的脂肪，空气中会散发出一股难闻的气味。

这就是我当时非常过激的想法。

但此时此刻，我坐在绿色草坪上摆成一圈的安乐椅上，离满是红色花蕾的石榴树还有些距离，我不愿回忆这件事，也不愿再去想它。我怕我的想法会变成字母，字母又会变成词语，也许紧接着就会变成滔滔不绝的词语，甚至是完整的句子。

现在我只盯着那棵高大、茂密的金链花树。我坐在树荫下，黄色烛台般娇嫩的花瓣向下垂着，几乎要碰到我们的头顶。每个人都在侃侃而谈，我仍然一言未发，虽然她们现在聊的都是值得讨论的事情。

而我，我只是一直盯着那个站在房门口的她，这画面俨然变成了相框里的一幅画。她也正吃惊地看着我们，眼神里有一种深不可测的孤独和陌生。她已经不是我们中的一员了，她搬走了，现在住在其他地方。有人正聊着她的时尚潮流。

她从某个人手里抢过钱包，打开钱包就开始翻腾起来，数着里面的钞票，然后说要找零钱，着急地说："我需要零钱。你身上有零钱吗？我需要零钱！"

"也许她需要的是改变。"

但我又立刻用手捂住了嘴，不让自己说出这句话。我不想让别人觉得我也……我也……

这种事情最好不要说出来。我是不会说出来的。但是，直到现在我都还记忆犹新，经常会在深夜，尤其是下半夜听到那种声音。真的，那种声音听起来太可怕了，会让人产生极度痛苦的感觉……仿佛是在清晰地大声疾呼，告诫民众。哦！我的天哪！在凌晨听到那个声音时，冰冷刺骨的天气，大雨滂沱，我蜷缩在厚重的被窝里，浑身颤抖，心怦怦直跳。

那天我站在那里，赤裸身体的"母鸡"面对着火焰，空气里飘散着难闻的烧焦脂肪的气味，对面店铺里琳琅满目的布匹，以及震耳欲聋的盒式录音机里的吵闹声让我不堪其扰；我满怀期待地四处徘徊，希望能听到那个声音；一旦听到那个声音，我就会恳求它用令人敬畏、使人极度悲伤的方式冲着赤裸的"母鸡"说话。但是只有在全世界都在熟睡，夜深人静的时候，我才能听到那个声音。

那个嘶哑又刺耳的声音会惊醒我，我蜷缩在厚重的被窝里瑟瑟发抖。

那个声音非常神秘，我也看不见发出声音的人。那我怎样才能和他不期而遇呢？

我决定走近她，对她说："来吧，干吗不去讲一课啊？"我知道，她一个字也不会回答。我站在那里的时候我也想起了她。我看见有个小女孩，纠缠不休地摇着她母亲的胳膊，让她看她们面前的各种鲜艳颜色。这情景使我想起了她。小女孩留着短发，脸上露出了害羞的神情，还有一丝痛苦；这些情绪让她天真烂漫的脸上蒙上了一层阴影。我第一次见到她的时候，还曾怀疑是我没有看清楚。或许是看到一排排赤裸的尸体被挂在入口处炙烤，让我产生了幻影。有些尸体是用签子穿着烤的。火焰的高温迫使脂肪不断往下滴，空气中弥漫着令人作呕的气味。

身材丰满、衣着讲究的"母鸡"，咯咯地叫着在店铺间进进出出；咯咯地叫着，在珠宝店里戴上戒指，又取下来。我又看了看那个女孩的脸。这次她脸上的表情不容置疑。她的表情与你看到同龄人的赤身裸体所露出的表情完全不同。相反，你所露出的表情是一种尴尬，在心理学术语上被称为"自卑感"。但实际上，当看到同龄人的裸体时，你感到尴尬没有丝毫用处，关键是赤裸的那个人自身要感到羞愧。这个女孩为自己感到羞愧，因为她觉得即便赤裸着身体，也要比穿着一件用廉价的当地布料做成的裙子要好看。即便是让当今的裁缝裁剪这种廉价布料，他们也会觉得像是在接触肮脏的东西。无论洗多少次手，这种感觉始终挥之不去。甚至夸张到就连他们的手指都会觉得被污秽的东西玷污了。

哦，多么单纯的心灵……这些话莫名其妙地在我的生命中反复回响。我想知道为什么。我这是怎么了？同时，我还得仔细揣摩一下对付那位母亲脸上的表情。

那位母亲脸上的表情有尴尬、担忧，还有羞愧。其实，她不是经常出入这种购物场所的那类人。她在这里不受欢迎。你是不是也像我一样，在追求那些难以企及的东西？你是不是在寻找书摊或是文具店？你好像没有发现，人们已经对经营书摊毫无兴趣了。是因为买书会花很多钱，那些浓妆艳抹的"母鸡"认为逛书店毫无意义可言。毕竟，这确实毫无意义，不是吗？既浪费时间又浪费金钱的事，当然是愚蠢至极的。这是一笔你注定会失败的交易。

但我不能问她这个问题。事实上，我的确认识另一位女士，但即便如此，我还是没能鼓足勇气去问她："你为什么要借别人的钱包？你翻腾钱包的时候在找什么？你为什么需要零钱？你所说的零钱是什么？是换零钱还是要小面额的硬币？"

看看，朋友们，我们是多么懦弱啊！竟然连个问题都不敢问。在寂静、寒冷的黑夜，那个声音在空荡荡的街道上回响，我颤抖地蜷缩在柔软、温暖的被窝里。有多少敬畏饱含在某些事物、声音和寂静之中！

但是，不，我站在这个新月形的市场里。那个女孩，她正站在入口处的柱子后面，用满是恳求的眼神想要说服她母亲，走进满是漂亮、昂贵布匹的店铺。而她母亲两眼茫然，眼神中空无一物。在我看来，她就要去改变她所在的环境了。我并没有待在有顶棚的出口处，而是不问世事地躺在这里，躺在这把安乐椅上，躺在这棵枝叶茂密、开满黄色烛台似的花的金链花树下。面前的托盘里，装满了烤肉饼和奶油蛋卷。茶杯里升腾起的雾气慢慢在空气中消散，就像孱弱的情感和微小的渴望。而此时，我开始担心那位母亲会冲过来，夺走我手里的钱包，打开钱包再合起来。

"你有零钱吗？你有没有零钱？"

我暗自为自己祈祷："别让她这么做。"为什么，就在刚才，另一个女人，那个一直在堕落的女人，离开我们却掉入了时间海洋中的漩涡深处。我看到很可能是来散步的三个小男孩到那儿去了。其中一个男孩惊恐地环顾四周。

"好奇怪啊！这里什么都没有卖的啊。"也许他是在自言自语。他身材很好，看起来天真无邪。

其中的另一个男孩，穿着极度奢华，松了松自己的领带，让自己舒服一点，给出了明确的答案。

"不，我的天啊，只要说出东西的名字，你就可以拥有它。这里你什么都能得到。"他看着那个女孩，女孩用疑惑的眼神看了看裁缝铺和布商的店铺。他向她眨了眨眼睛，女孩微笑着，轻轻眨了一下右眼，然后转过身去，背对着他们。

那位母亲变得极度紧张，急匆匆地打开钱包，就又把钱包合上了。

"你看！你最好把钱包合上，也别再问别人要零钱了。"我很想站出来告诉她这一切，但是我也明白我什么都不能说。另外那个女人最后一次被叫进来交钱的时候，我对她也什么都没说。我们也还都坐在那里，坐在枝叶繁茂、开满黄色烛台似的花的金链花树下，被绑在了安乐椅上，就像有人把我们钉在那里一样。我们目不转睛地盯着她看，注意到她脸上痛苦的表情，仿佛是在全神贯注地欣赏电视上的悲剧节目，享受节目的每一分钟。在她交钱的那一刻，我们是怎么洞察到她的感受的呢？没有语言交流，和她对话的主意也失败了。此外，截至目前，我们都还没有足够的勇气去理解"行动"的意义，因为我们太忙了——我们可是现代的时尚女性啊。然而，后来我们看见她用尽浑身力气拼命向大门跑去，就像从枪膛里射出的子弹一样，直冲目标而去。尽管小门是微掩着的，她还是用双手推开大门，冲了出去，一出门就像沙漠里的热带风暴，瞬间就消失得无影无踪了。

我觉得，我就像站在一片寂静无比的荒原上，到处都是仙人掌和赤身裸体的"母鸡"。人们可以闻到脂肪在他们体内熔化的腐烂气味。这种气味久久不能散去，是因为没有一丝风将其吹散。

雨变得更加急促了。

"听好了，伙计们！如果你无法说服那些一丝不挂的人，让他们穿上衣服，那就别看他们。"之前让我躺在柔软、温暖的被窝里都能瑟瑟发抖的声音，现在终于听清楚了。在我前面的这个女孩非常尴尬，因为她的裙子正慢慢从身上滑落。一排排伸长脖子，浑身赤裸的行尸走肉。

因为太过紧张，我视线向下，看着马路。一辆三轮摩托车放慢了速度，有人冲着我说话。摩托车引擎发出让人心悸的噪声。我跳上摩托车，立刻发现那个小男孩撇着嘴，表情沮丧，手里攥着没了笔头的钢笔，拳头紧握，这些仿佛都在诉说着他的苦楚。"别担心，小伙子，我会把我的钢笔借给你的。"

虽然三轮摩托车里很黑，我能清晰地看到，他听完我说的话，他那双细长、可爱的眼睛都亮了起来，就像萤火虫一样，闪烁着光芒。

英文版由萨利姆·乌尔·菜合曼译自乌尔都语

首席嘉宾

阿赫塔尔·贾迈勒

Akhtar Jamal

雪后的阳光看起来很美。晶莹剔透的雪折射出彩虹的五彩斑斓，如果天气持续放晴，雪就会开始融化。仿佛是仁慈太阳的特别眷顾，把所有的爱和温暖都洒在了这座小山谷里。

　　大家都很开心，炉火无法替代阳光的温暖，因为阳光可以穿透身体的每个毛孔。这种柔和、明亮的温暖就像是上天赐予的爱。如果太阳离地球更近一些会怎么样？万物都会被烤焦，宛如世界末日。但那也会是南、北两极摆脱刺骨寒冷和终年风雪的唯一可能。

　　天干物燥、滴水成冰的天气……寒冷早已深入骨髓，也是人们最想让太阳靠近地球、炙烤地球的时候。

　　冻得瑟瑟发抖，我看着太阳，把大衣的领子向耳朵上拉了拉。我进屋看了看正在熟睡的女儿，嘱咐保姆安排好女儿的餐食，然后就出门去赶公交车了。

　　在雪地里走着，纯净、洁白的雪地上留下了鞋底的印痕。

我在想，如果我光着脚走在雪地上，这么美丽的雪就不会被玷污了——多么天真的想法啊！很快，军靴、吉普车、货车、卡车……就会毁了这片美景，最终，雪还是会融化的。那我还怎么光着脚走路呢？穿着鞋，我双脚都冻僵了，感觉两只脚已无血无肉，而变成了两根木拐棍；所以光脚走路肯定会生病的。

也许，光脚走在雪地里并非完全不可能，毕竟，如果完全不能光脚在雪地里走路，那么那些人类漫步在荒野中的故事全都是杜撰的了，就像马吉努光脚走在炽热的沙子上的故事一样。总之，无论是光脚走在雪地里还是炽热的沙子上都是大同小异……

那天我自己对所教授的迦利布[1]的诗歌进行了教学反思。他的诗歌会温暖彻骨的寒冷，这也正是我所需要的。每次教授迦利布的诗歌时，我总认为理解能力有限的人真不应该学习他的诗。迦利布的诗作为教学大纲的一部分，必须要被那些不懂得欣赏他的人阅读和学习，这实属迦利布的不幸。

到学校的时候，我擦干净了鞋。迎接我的是一张张笑脸，我走进办公室，大家都坐在暖气边上，怨声载道地聊着这寒冷的天气。

"你们这些人永远不会快乐。夏天的炎热会让你们不胜其烦，现在又太冷。你们好像从来都不喜欢天气变化。"

"这不是我们的理想主义者吗？我们的大作家啊！"有人说道。

1　原名米尔扎·阿萨杜拉·汗（1797—1869），笔名迦利布，是用乌尔都语写作的杰出印度诗人、作家和哲学家。——译者注

"来跟我们一起暖暖脚。"他们说着,打算给我腾个位置。

"不用,我不需要暖气。"我回答道。

"我们都在这儿着急等你呢!还聊到好几位美女夫人呢。"

"美女,欣赏可以,和她们交谈就算了,不感兴趣。我受不了她们。为什么我在这场对话中被漏掉了?"

"你认不认识聪明智慧、面容娇美的准将夫人啊?"有人问我。

"问这干吗啊?"

"运动会必须要在放寒假前举行,我们找不到首席嘉宾。如果要是选一位女士,那她至少得聪明机智、长相甜美吧。"

"上尉,不是准将。我认识的上尉,他们的妻子都很漂亮。如果丈夫的级别不是那么重要的话,我可以找到一位足够机智的美女夫人。"

"级别很重要。"有人说道。

"这压根儿就不是有文化的人该思考的事情嘛!"我不耐烦地说,然后问道,"为什么首席嘉宾必须得是个美女啊?"

我想要推荐的是一位毕生致力于教育事业的女士。自从她退休后,就在义务为贫困儿童教学。她关爱一方百姓,总是为当地的社区居民服务。她从不宣传自己的贡献,从不刊发自己的照片,从不参加典礼的剪彩活动,总在不知疲倦地为乡村女孩的教育问题奔忙。她要比那些"精心装扮的玩偶"更适合做首席嘉宾。

但是,我并没有说出她的名字,因为她的名字尽人皆知。她总是衣着朴素,而我那些同事要找的是那种穿着入时、机智聪明的夫人。摄像师、报社记者,甚至是学校的管理层都会对她挑三拣四。再者，中小学教师总是会受到大学老师的蔑视。

反之，穿着昂贵衣服，打扮精致，留着时尚发型，穿金戴银的政府官员的夫人，会在运动会后的很长一段时间内成为大家津津乐道的话题。摄像师会非常满意，女记者也愿意为这种嘉宾引经据典。

要找到这么一位女士一直以来都是个难题，尤其是在这个小城里，更是难上加难。几乎所有政府官员的夫人都曾在这样或那样的场合被邀请过了。因此，才决定要从驻地部队中选出一位来。

"我们希望你能帮帮我们，但你好像对这事不感兴趣。我们现在该怎么办啊？"

"我很羡慕你们住在没有带刺铁丝网的城市里，也不受军官、士兵、美女夫人和她们的女仆的干扰。"我说道，"你们多幸运啊！住在一个四周没有污染、干净整洁的环境中。"

"但是有新鲜空气才是最幸福的。就为这，我每天都要走四英里[1]路。"

这时，穿着一件红色大衣的莎纳瓦兹老师走了进来，面带微笑。

"大家注意啦，"她说道，"新任副局长又结婚了。"每个人都如释重负地松了口气。副局长解决了这个难题。他的第一任夫人主持了去年的辩论，因此今年就不能再邀请她了；尽管她年纪稍大，但仍然魅力十足。副局长的再婚对我们来说是个好消息，否则，我们还得从遥远的军营里找个夫人。

1　1英里≈1.61千米。——编者注

听到上课铃声，我就去上课了，因此，我没能听到与第二任副局长夫人有关的八卦。但是，让我高兴的是，这个问题已经解决了。

此刻，太阳出来了，潮湿的场地很快就能晒干，所以可以在假期前举办运动会了。其他很多活动已经结束，还可以颁奖了。

第二天，在莎纳瓦兹老师一再坚持下，决定由我和其他几位老师一起去邀请副局长的新夫人。我极不情愿地同意了。

"难道你不想看新娘子？"有人问我。我别无选择，只能从命。不过我觉得去看看这位能让副局长抛妻弃子的女人也挺有意思。她肯定还是有她的过人之处的。

我们早上十点左右到达副局长家。我们被带到客厅，并被告知夫人刚刚起来，正在洗漱。我暗自思忖着，这位副局长肯定是个刚上任的"新官"，因为他的下属都很年轻。

客厅里有张这对夫妇的照片，妻子的发型有些古怪，但睫毛特别长。"这张面孔看着有点眼熟。"我说。莎纳瓦兹老师凑近仔细看了看那张照片，惊呼道："这是格拉索·蓓比[1]！她以前老被我赶出教室。我们现在该怎么办啊？"她问了个不言自明的问题。

"难以想象啊！我们来邀请学校里最差的女生去当首席嘉宾。"杜拉尼老师悲伤地感叹道。我试图宽慰他们道："她现在也许变了。毕竟副局长肯定是发现了她的优点才和她结婚的。"

知道了她是谁，我反而感到莫名地轻松。其实，我一直对她感

---

1 本文中为蔑称、绰号，指家里很有钱但是愚笨的人。——译者注

到些许愧疚。我靠近照片仔细看着，在这对假睫毛后面，我看到了两年前冲着我微笑的格拉索·蓓比……

有一天，我刚走进教室，看见班里的所有女生面带微笑地围在一位新同学周围。我一进去，她们就返回自己的座位。在那里坐着没穿校服的，就是那位新来的女生了。她胖乎乎的，留着古怪的发型，穿着紧身的衣服，皮肤红润，红棕色的头发与她不合时宜的装束极不相称。

没过几天，她糟糕的学习成绩就原形毕露。所有的老师对她的抱怨五花八门。她之前在修道院学校上学，成绩优秀，但我们无法把之前的成绩和她现在的表现画等号。她父亲的财富或许可以解释她在大学入学考试中取得高分的原因。女生们从第一天开始就叫她格拉索·蓓比。所有给她授课的老师都很讨厌她。

她的年终考试简直可以称之为灾难。虽然她母亲经常会来学校。

"你应该让她结婚了。"某天，莎纳瓦兹老师对她母亲说。

"请让她升入下一年级吧，我们保证她会通过所有考试的。"她母亲哀求道。

通过考试难道这么容易吗？

她母亲意识到她无法升入下一年级时，就把她注册成了自费生，这样她可以继续上大学。她之前每次都要精心打扮一番才来上学。

有一天，莎老师从她那儿没收了一本禁书，因而对她极低的道德水平厌恶至极。我想帮她，但只是徒劳。

在必修课中引入劳动课程后，情况有所好转。各个学院在劳动前，会提前公布劳动日期，整个学校会被打扫得一尘不染。即便是家境优渥的女生，参与劳动的积极性也很高，但是格拉索·蓓比却不为所动。

她参加了形成性测试，以第二档的成绩通过。她母亲声称对她的成功负责，看来的确如此……

门开了，副局长夫人走了进来。她打扮得像个新娘，一点也不胖了，看上去非常漂亮。大家对她耳目一新的变化都感到很吃惊。

"大家好！"她傲慢地说着，坐在了沙发上。莎纳瓦兹老师冷冷地回了一句"你好"，然后，大家就都沉默了。我觉得应该说点什么来打破尴尬的沉默。

"过去几年，你的变化还是很大的啊！"我说道。

"爸爸被派到美国任职，"她高兴地回答道，"我在美国上了一些减肥课……但是现在，结完婚以后体重又开始增加了。我并不介意，因为我丈夫喜欢我这样。"

大家都不想向她发出邀请。莎老师是最不自在的那一位，简直如坐针毡。

好在副局长的妻子帮我们避开了这种尴尬处境。

"我丈夫的私人秘书告诉我，女子学院想要邀请我做首席嘉宾，我很高兴。我跟他说我愿意参加，因为我在那里上过学。"

自己的学生能受邀成为首席嘉宾是件很荣幸的事，但这次并非如此。担任这次运动会组织的莎老师，非常沮丧。

"这挺好的啊。"我说道。

她坚持要让我们喝点茶，于是叫人去准备茶水。然后她走进房间，拿着一本相册。

"我想让你们看看我的婚礼照片。"她说道。

摆放着茶水的小车到了。

学院首席嘉宾的传闻被爆出后，老师们都惊恐万分。

"现在拒绝肯定不行。只能接受她做首席嘉宾。她聊到母校的时候还是满怀深情的，而且，她又不是以个人身份受邀的，而是以副局长夫人的身份才受到邀请的。"

莎老师仍然心烦意乱。她甚至想过要推迟运动会，然后过几天再邀请其他嘉宾。还有人建议，让大家祈求下场大雪，这样运动会就会被取消了。

"我们那些才华横溢、前途无量的学生，有的失业了，"我分析道，"有的还正在找工作，还有没找到合适结婚对象的。因此，我们不可能邀请他们来做首席嘉宾吧！如果有后进生取得了成功，我们应该为此而高兴才是。另外，是我们自己的态度让我们纠结于此的。"

学院院长知道了整件事的经过后，对我们的纠结态度十分反感。

运动会那天没有下雪。学院被装饰得很漂亮。市里有头有脸的人物还有学生的母亲，悉数受邀出席。

首席嘉宾的车到了。副局长夫人从车上走出来，戴着漂亮的假发和假睫毛。她身上穿的裙子、脚上的鞋……所有的穿戴都价值不菲。她优雅地走着。

学院院长和老师们一道迎接她。她走过来的时候，观众都站了起来。莎老师端着盛有剪刀的盘子递到她面前，首席嘉宾带着胜利的微笑说了声"谢谢"，然后就开始剪绸带了。所有人都鼓起掌来，一切按部就班地开始了。

其他环节都结束了，她开始发表演说。

"今天，我很高兴能来到这里。这是我的母校。我的老师和同学也都出席了。见到你们我很高兴。"

许多她曾经的同学也由她来颁奖，而且还会得到一张和她合影的照片作为纪念品。

院长感谢了首席嘉宾，提到她是学院曾经的学生，深受大家的喜爱。院长还希望她能帮着积极推进诸如科学大楼、餐厅以及礼堂等还未完成的项目的建设。

获得奖项的女生纷纷让她在签名簿上签字。

随后，首席嘉宾就和老朋友们聊了起来："你们还在看书、做卷子、等成绩上浪费时间啊？如果你想在生活中有所成就，就必须要看莎老师从我这儿没收的那本书，以及和它类似的书。我相信那本书现在肯定正躺在书柜里。"

她走以后，那些女生围着莎老师问道："那本书叫什么名字啊？"

一时间，莎老师竟目瞪口呆，无言以对。

英文版由沙基尔·艾哈迈德译自乌尔都语

纸就是钱

拉齐亚·法西赫·艾哈迈德

Razia Fasih Ahmed

20世纪的迷信活动绝对没有减少，我第一次来看现在住着的房子的时候，就发现了这一事实。房子虽小，但很精致，有两个卧室和一个整洁的厨房，还带一个漂亮的小花园——在现在的城市住宅中实属稀有。它让我一见钟情，我马上就把它租了下来。租金比较低，房东告诉我，这个房子空了很长时间了。在卡拉奇，这么好的房子能空置一年多，真令人惊讶。邻居们告诉我说这房子里闹鬼，对此我一点也不担心，这或多或少就是租金很低的原因吧。

　　我是个作家，也读过书，因此我一点也不迷信。房子刚打扫干净、粉刷完，我就搬进来了。我按自己的喜好，重新简单地装修了一下。这所房子里我最喜欢的要数楼梯平台上的那个狭长的空间，里面有几扇大窗户正对着花园。旁边还有棵松树——这在卡拉奇绝对是稀有物种。有风的夜晚，松树茂密的枝丫敲打着玻璃窗；月光透过松树的枝丫落入我的房间，显得很美。这让我莫名地开心。我把这个房间划定为书房，感觉在这个房间里有助于帮我组织写作思路，还可以让我专心写作。

我是个性格内向的人，我的职业让我更加内向。我的邻居都很友善，他们认为提醒我关于房子里发生过的事情是他们的责任，因此纷纷来我家拜访。据他们说，房里的鬼魂会夺走房主认为最珍贵的东西，因此，之前，有一家丢了个儿子，另一家丢了女儿，还有另外一家失去了所有的财富，最后住在这儿的那个人失去理智，变成疯子了。我半开玩笑地告诉他们，我既没有家人也没有钱，也不是个自恋的人。我几乎没有什么值钱的东西。我所有的财富就只有自己写的书和别人写的书，而且幸运的是，这些书还都是大量出版的，即便丢了，我还可以再买回来。

他们对我的态度都很失望。自那以后，我和邻居们只有在街上碰面时才会互相寒暄几句。偶尔，尤其是在节日期间，我们也会互相串门。

我习惯了自己做饭，只雇了个清洁工来打扫房间。她的名字叫尚蒂，在印地语中的意思是"和平"。她很安静，不擅言辞，头脑有点迟钝。一开始，我指挥着她打扫，但她不是听不懂我说的话，就是假装不明白；很快我就放弃指挥，让她"自由发挥"了。她在我这儿干活，报酬只有其他清洁工的一半。这是我们共同确定的价格，也没有协商，她认为需要打扫的时候就来打扫，也不需要我提醒。她从不偷东西，而且她还经常会帮我找到钢笔、手表之类，我经常会把这些东西放在我自己都找不到的奇怪的地方。

尚蒂笨得连我给她的钱都不会数，所以她丈夫会在每个月初来领薪水。他很瘦弱，面色苍白，看上去并不比他妻子聪明多少。他说话总是答非所问，我慢慢也就失去了和他闲聊的热情。但是我必须要承认，我经常会想起他俩。据说自然界有一条补偿法则，如果一个人在某个方面一无是处，在另一方面肯定会天赋异禀，但就我所知，他们两人一无所有，又老又丑、又穷又笨，唯独拥有彼此，再无其他。我经常想写一篇以他们为题材的短篇小说，但原因种种，一直都没有动笔。

有一次，我正打算写一部新小说，碰巧读到托马斯·沃尔夫写的《一部小说的故事》。他为小说创作开拓了一个全新的尝试：首先记下所有回忆的细节，然后再把这些记录重新编排成小说。他写道："一开始记录下来的东西都不能称之为小说。我记录过美国的夜晚和黑暗，还记录过开往上万个小镇的火车上熟睡者的面孔，寂静的潮水，以及黑暗中不停流淌的河流。我记录过死亡和睡眠……我写过十月：整夜轰鸣作响的火车，黎明的轮船和车站，港口的人和来往的船只……"《十月的街市》的篇幅可要比《战争与和平》长十几倍。我突然想到，我也应该试试这种写作技巧。

我立即投入其中，我喜欢写回忆和做记录，因为不用费心编排情节。结果和预期相差无几，稿纸的数量与日俱增。我用了两年的时间梳理和记录回忆，直到有一天我意识到不能就这么继续记下去了，该把这些记录编排成形了。最枯燥乏味、困难重重的事情莫过于此——把一堆稿纸变成一本书。好在我已经动笔了，而且开始逐渐乐此不疲，但突然手稿不见了。

我找遍了屋里的每一个角落，仍然一无所获。我问尚蒂手稿的事，她满脸无辜，像个孩子。她几乎听不懂我在说什么，所以我只好作罢。然后我就想起了房里闹鬼的事。手稿对我而言，就是我那个时候最珍贵的物品了。是的，手稿对我极其珍贵。对别人而言，那可能就是一堆纸，但手稿可是我的全部、我的生命啊！我也知道，我不可能再以同样的方式把那些事情再写一遍。根据我以往的经验，一旦把记忆写在纸上，它就会从脑海里完全消失或逐渐消散，所以我不可能再和之前那样完全再现以前那些记忆了。

我尽全力去回想过去这些年还丢过哪些东西，但是除了想起来丢过几本书和杂志，再无其他。这几本书和杂志的丢失还是因为我粗心，我老是会把它们放错位置，或是传阅给那些想读这些书的人。

丢失了好几年而不是几个月的辛苦劳作的成果，让我非常沮丧、痛苦，就像是遭遇了一场灾祸。我茶饭不思，总是在记忆中寻找那个能让我找到我心爱的手稿的地方。手稿这件事始终萦绕在我心头，我有好几次梦到它，甚至还出现了幻觉。我经常会在书桌上看到它，但走近一看又没了。有时，我很笃定它就在抽屉里，可把抽屉一个个都打开，期待会发生奇迹的时候，唉！奇迹没有发生，还是找不到它。手稿被悄无声息地偷走了，没有留下任何线索。

我把丢失手稿这件事告诉邻居，他们相信是我惹恼了鬼魂，它为了要报复我，就把我当时拥有的最珍贵的物品拿走了。有位邻居还请来了一位预言家，他觉得预言家可以找到手稿。预言家在好几片纸上写了些字，把纸片放在一个陶罐里，让我用两只食指端着陶罐的边缘，他从另一边用他的食指托着陶罐。他念念有词，陶罐就开始移动。然后他又拿出陶罐里的所有纸片，再念着咒语，一片一片地放进去。某张纸片一放进陶罐，陶罐又开始动了起来。他就把那张纸拿出来，跟我说，我的手稿还在这间房子里，很可能在一周内就可以找到它。我对他的话并没有当真，因为这对我来说就像是在做游戏，但我还是给他付了钱。他和我的邻居高兴地走了，他们还以为我会对预言家的预测佩服不已。

精神上的痛苦、失眠和饥饿早已让我筋疲力尽，我像个魂不附体的幽灵一样四处游荡。我感到灰心丧气，无所事事。我所有的财富都没了。有一天，恍惚中，我看见尚蒂的丈夫在后巷翻捡垃圾。他正对用过的易拉罐、空烟盒、脏亚麻布和废纸进行分类。他面前还摆着一堆腐烂的水果和蔬菜。我问他要怎么处理这些垃圾。他说那些蔬菜和水果他会拿回家，剩下的垃圾他可以卖五派沙。听到这些着实让我震惊。我不知道还有同胞穷到这种地步。尚蒂和她丈夫正在收集的这些垃圾卖出的价钱几乎什么也买不到。我深感惭愧，决定要给尚蒂涨工资。

我疲惫不堪地回到家。我走进草坪时，看见香蕉树丛里半隐半现地藏着什么东西。虽然我既失望又沮丧，但在好奇心的驱使下，我还是走近仔细查看到底是什么。走近一看，发现有四个装满垃圾的大袋子，这是尚蒂和她丈夫可能已经收集了好几个星期的垃圾。又是一阵心疼和羞愧。他们把这些都卖了也许才够一天的餐食。突然，我的脑海里出现了一个奇怪的想法。我迅速把袋子里的东西全都倒了出来，令我吃惊的是，我的小说手稿就在里面，但是不在一个袋子里，而是四个袋子里都有，还被撕得粉碎，上面沾满了各种垃圾。里面还有我经常找不到的信件、杂志和书，但当时对这些我都已经不太在意了。

尚蒂和她丈夫是如此贫困和无助，他们担负不起偷盗任何有价值的东西的责任。他们只是偷了一些上面写着字的纸而已，他们认为这些纸和那些空罐子一样无用。把纸撕碎，让这些纸变得更加毫无用处，这样就没有人会怀疑他们偷东西了。

我希望能大赚一笔的手稿，对他们而言分文不值，但一包又脏又碎的废纸对他们而言就是钱。这就是本世纪最伟大的小说永远消失的全部经过。

英文版由本文作者译自乌尔都语

可怜人

法坎达·洛迪

Farkhanda Lodhi

"哦！婚姻该怎么说呢，它只是一件事而已。除非你对自己期望很高，否则必定会有人出现，会牵起你的手。你要做的就是培养性格，建立声望。这些都需要从很小的时候就开始努力。"

年迈的巴吉·苏莱雅老师说过的话又在她耳边响起。在别人家里擦擦洗洗，就连手心的掌纹都被磨平了。她总在怀疑老师的这些忠告是否真实。

"要以自己的工作为荣！"——这是多么荒谬的建议啊！纳尔吉斯绝不相信她生来就要做那种工作。她很漂亮，她的镜子总会证实这一点，而那块镜子可是她的一部分嫁妆啊。她绝对具备过舒适、优渥生活的外表，侍从在她身边来回穿梭，随时满足她的需求。

纳尔吉斯经常站在那块镜子前。镜子的某些地方已经褪色了，但对她而言，它却珍贵无比，和她的第一任丈夫一样珍贵。他在哪儿？过得怎么样？这些她都一概不知。

费洛兹那时还只是个不谙世事的年轻人。他根本不懂得婚姻是什么，也完全不知道自己对妻子和妻子家人的责任。长相英俊、性格温和的他被她母亲选中，成了她的丈夫。在新婚之夜，她在懵懂中对他一见钟情。

但没多久，费洛兹就沦为毒品的傀儡。至于他是怎么染上毒瘾，又是为什么会沾染上毒品，没人知道。年复一年，她成了两个孩子的母亲，而费洛兹对家庭漠不关心。他会连续好几天离家出走，消失不见；等他再回来的时候，他会在家里躺好几个星期。他们开始频繁争吵，甚至已经发展到婚姻即将破裂的程度。费洛兹在她面前愤怒地说了句"离婚"，然后就走了，再也没有回来。而那个时候，她才刚满二十岁。

纳尔吉斯在二十八岁时经历了第二次离婚。二婚的丈夫西迪基是个虔诚的教徒。他经常祷告，唯一不能容忍的就是她的两个孩子。他一进家门，她几乎就得把两个孩子藏起来。这场婚姻持续了不到两年时间。生了一个儿子后，她再也无法忍受这样的婚姻。有一天，天气晴朗，她走出家门朝她母亲家走去。虽然她母亲并不欢迎她回家，但还是央求她父亲为女儿办理离婚。但西迪基并不是个轻易屈服的人，他强硬的态度迫使她父亲只能诉诸法律援助。法院的审理过程持续近两年，在此期间，她的父亲突发心脏病去世了。

女孩一旦结婚，她父母家就不再是她自己家了。在父母家，她就成了个外人。纳尔吉斯已经无依无靠了，此外，她的孩子们还得由她自己负担。虽然她有三个兄弟，但他们也都在为自己的家庭奔波，压根儿就没想过要帮她和西迪基离婚，甚至连她过得怎么样都不闻不问。唯一站在她身边支持她的人是她的母亲——但她却是那么弱不禁风。

几经辗转，一位经营小本生意的锡商成了纳尔吉斯的追求者。这位锡商是个鳏夫，名叫霍加吉，膝下已是儿孙满堂；他也是个教徒，有银行存款还有自己的房子。碰巧他也认识西迪基，结果经他出面调解，并同意支付诉讼费用，最终纳尔吉斯获得了离婚判决书。与此同时，他向纳尔吉斯求婚。她还能指望什么呢？霍加吉虽然已经七十多岁，但身体也还硬朗，仅从面相上看，他看起来只有五十多岁。心地善良的他不仅对纳尔吉斯钟爱有加，对孩子们也很疼爱。

但造化弄人，没人能预测厄运何时降临。

那年的斋月正值夏季最炎热的时候。霍加吉非常重视宗教习俗。"没有经过严格的斋戒，怎么能享受开斋节[1]的美食呢？"他说到做到。开斋节当天因为吃得太多，他生病了。这一病就是四个多月，为了挽救他的生命花了很多钱；这期间他的儿子、女儿一直在照顾他，他的大女儿也搬来和他们同住。纳尔吉斯尽量把房里的空间都让给这位"不速之客"，把自己封闭在一个狭小的角落里。

霍加吉去世后，纳尔吉斯只能离开他家。她泪流满面，带着孩子又回了娘家。霍加吉家里没有人对她的离开提出异议，一丝一毫的反对意见也没有。毕竟，她带走的都是她自己的——之前的

1　伊斯兰教主要节日之一。伊斯兰教历每年9月开始封斋，经过一个月封斋后，见到新月即可开斋，也就是开斋节。期间要求"每日自黎明前至日落，禁绝饮食、房事和一切非礼行为，以省察己躬，洗涤罪过"。——译者注

婚姻留下的三个孩子。

一个无路可退返回娘家的女人，在这个社会上总是会被人看不起，更何况还不止一次，是三次。结婚、二婚、再结婚——呸！这女人真是太可怕了。几乎没人知道她也是被逼无奈才活成这样啊！

纳尔吉斯依然年轻漂亮，仍然可以找到一个愿意娶她的人。她没有任何能养活自己的技能。纳尔吉斯陷入沉思，脑海里回荡着巴吉·苏莱雅说过的话——"爱是生活的基础。要证明你的爱，就必须具备坚毅的性格，你完全有能力养成坚毅的性格。"

巴吉·苏莱雅认为自己就是坚毅性格的化身。她还没结婚，就为父母和家人的爱付出了一切。但是班里的女同学总爱叫她"可怜人"。纳尔吉斯以前经常带头取笑她，那时候的纳尔吉斯充满活力，斗志昂扬。

母亲注意到她"热爱生活"，无心学习，因此就早早把纳尔吉斯嫁给了费洛兹，在那之后，她又被送给了第二个男人，然后是第三个。到第四个男人的时候，纳尔吉斯毫无异议地欣然接受了，她觉得她天生就是要被送来送去的命。

把三个孩子留给了母亲，她嫁给了第四任丈夫卡马尔。他很爱她，但问题是，他什么活也不干。纳尔吉斯甚至还要卖掉自己所剩无几的饰品来养活他。她寄希望于有一天他能想办法挣点钱，然后同意她把孩子们接来和他们一起住。但是，那一天永远也不会到来。他就像个娇生惯养的孩子。每次她让他去找个工作的时候，他就会威胁着说要离家出走。但他从来没敢用那件事来威胁她——离婚。

纳尔吉斯不断地奴役自己。她做刺绣卖，在附近邻居家里做些洗洗涮涮的活计谋生。针线活模糊了她的双眼，刷锅洗碗让她的双手粗糙不堪。但当卡马尔用同样粗糙的双手抚摸她的双唇时，她把这一切的磨难就都抛在了脑后。

突然有一天传来她母亲生病的消息，卡马尔立刻跳起来说："走，收拾好行李，我们和她住一起去！可怜的老母亲病了，她还怎么照看孩子们啊。"

纳尔吉斯非常高兴。

他们搬到母亲家，开始和母亲一起住。卡马尔对纳尔吉斯的爱一如既往。纳尔吉斯继续靠给别人洗洗涮涮维持家里的开支。她几乎没时间去思考自己的命运。

巴吉·苏莱雅说过的话偶尔也还会在她脑海里回响。"努力工作最伟大！"——简直就是胡说八道！

"哦！婚姻该怎么说呢，它只是一件事而已……培养性格，建立声望……提升自己……"

出来辛苦劳作，她还没有发现提升自己的方法。是太过虚无缥缈了？还是在某个特定的时间就已经定型，无法再提升了呢？

英文版由阿什法克·娜齐威译自乌尔都语

千足虫

哈立达·侯赛因

Khalida Hussain

我开了门。在感受过屋内的阴暗潮湿和冰冷之后，屋外刺眼的光和热度令人不安。弹簧发出一声轻响，布满尘土的灰门合上。门后的那间屋子弥漫着碘伏和医用酒精散发出的恼人气味，人们坐在带皮垫的长凳和褪色的椅子上，漫无目的地翻着《镜报》《时代之声》《巴基斯坦时报》。我刚才在屋内……现在在屋外……站在敞开的门廊上，面对的是一块小草坪，草坪四周是香橼围成的篱笆。从门廊上，我只能看到两个花坛，鲜艳的红玫瑰和杯子形状的小黄花盛开其中，一条土路从草坪边缘一直延伸到木质的白色大门那里。我打开门，它的铰链也发出响动。门外，拥挤的街道一直延伸到远方。

　　踏出大门的一刻我闭上眼，在脑海中勾画我看到的景象。黑暗中的红色慢慢变成了绿色，继而变成一束旋转的黄色亮点，然后变成了墨蓝色，又变成白色。事物的轮廓显形后又变得暗淡。在闪烁的黑暗中，喉头那种异物感再次出现，我感到窒息，下巴开始变松，嘴也张得很大。我试着咬紧牙，紧握的拳头因为用力开始发抖，却依旧合不上嘴。

终于，我拿出口袋里的小瓶吞了一片药。我知道在我体内有条千足虫，这个弯曲的、多足的生物在我身体里蠕动，它光滑的长长四肢正慢慢钻进我的血管里。但我还是无法相信。虽然在屋里，医生也说了同样的话。我想不通：一条虫子怎么能在我体内生长呢？绝不可能！

药片在我嘴里融化，我的下巴渐渐能合上了。我又看了眼面前的拥挤街道。人、人力车、出租车、自行车、小型摩托车川流不息。哈米德综合百货商店里，一个戴着厚厚的黑框眼镜的人一手拿着报纸，一手弄着头发。在他旁边，一个长着浓密黑发的塌鼻子男孩耷拉着肩膀倚着柜台，柜台上摆满了给戴面纱的女人用的面霜，一罐罐贴满了鲜亮的彩色标签。

哈米德综合百货商店！我惊讶地发现，虽然已经路过这里无数次，但直到今天我才注意到它。接着走是萨尔曼鞋店、阿敏药店，然后是国王理发店，店里一个年轻人正戴着理发围兜做头部按摩。按摩师的脸都憋红了，额头上爆出的青筋感觉随时都要胀破。电台里，扎希达·帕尔文唱着信德语的歌谣。我知道那是扎希达·帕尔文，即使在人群中，或者离得很远，我也能很容易地把她的声音从一众歌手里分辨出来。但有些人的声音，哪怕是朋友的我都分不清。这让我想不明白。

一个骨瘦如柴的男人拖着个小男孩从萨尔曼鞋店出来。男孩怀里抱着一个鞋盒，鞋盒上系着绳子，男孩的小眼睛炯炯有神。就是在那时我意识到自己走错方向了，我转过身走到拉人力车的摊子那里。三辆车并排停着，其中两辆无人看顾，剩下那辆的司机舒展身体，自在地抽着烟。

生平第一次，我发现人力车竟然如此雄伟。我看到的不是人力车，而是一个有生命的移动平台。从我身边飘过时，我觉得它会突然回过头来看着我呻吟，就像我体内的那条千足虫一样，它也会转过来看着我呻吟。

车夫深吸一口烟看了看我，接着冷淡地问："去哪儿啊，先生？"

"萨玛巴德。"

"上来吧。"他说着打开计时器，人力车开动。突然地，他唱起一首流行电影歌曲——《即使世界无数次试图阻止》。

车里面的座子是用鲜亮的塑料做的，带着红色和绿色的花纹。镜子嵌在车夫座位后的铁架子上，车厢两侧的门上都挂着彩色的丝质流苏。

炙热的风混合了汽油和尘土的怪味，突然间我意识到自己终于朝着萨玛巴德的方向去了。萨玛巴德是什么？不对，是萨玛阿巴德——我试着纠正自己的发音。然后生平第一次，我惊讶地发现我竟然开始忘记"名字"了。事物一旦失去名字就消亡了。我不想忘记这些名字。广告牌从我身旁飞驰而过，我努力读着上面每一个字：Gehwara-e-Adab, Shaikh Ataullah Advocate, Butterfly Brand Nalki, Shabnam Garam Masalah[1]——能让你铁石心肠的女友回心转意的春药……但是路两侧的墙上有太多东西飞速闪过，我

1　沿路广告牌上的文字，根据下文应为不同春药品牌名。——译者注

来不及读。于是我开始复述离我最近的东西。人力车里有很多我叫不出名字的东西，我自己随身也带了很多东西：我的衬衣、领带、领带夹、钢笔、钱包、纸币、硬币……天知道为什么事物失去了名字！我迫切地想要留住它们。

从那时起，默念名字成了我的习惯。有一种渴望令我痴迷，这种渴望就是能透过事物看到它的名字。这大概就是为什么我的脑海中总是有一长串名字，就好像无论我走到哪儿，都有可能被人要求读出来。

随着对名字的痴迷程度与日俱增，有时我会嫉妒身边的人。当我意识到他们知道我永远不会知道的名字时，我的嫉妒就变成了燃烧的恨意，这种疯狂像黑暗一样笼罩着我——而那些名字永远也不会成为我记忆的一部分。他们故意将这些名字深藏于心，这让我加倍地恨他们。

对名字奇异的、无法抗拒的痴迷让我觉得自己应该写点什么。事实上在十五或者二十年前，我第一次发现自己有写的冲动。为此我甚至买了一沓纸，将所有写字用的东西整齐地摆在桌子上。但我一拿起笔来，又觉得——不，我不想写，我想阅读。还不到写的时候，那个时刻总有一天会到来的。于是，我就开始阅读了。读了几行之后我觉得我准备好了可以写了，但当我拿起笔来，我又什么都写不出来了。也许，还没有相应的词来描述我想写的那些东西吧。是的，肯定是这个原因。我放下笔，又开始阅读。一段时间过后，我意识到自己根本不想阅读。那干脆就不读了……十五或者二十年后的现在，突然发生了这件怪事——我不仅想要写，更觉得自己能写。我买了一沓纸，将所有写字用的东西仔细地摆在桌子上。我拿起笔，坚持写了几个小时，直到汗水从额头上滴下来，直到手指疼痛笔都开始抖。但我能写出来的只是名字而已，这个或者那个的名字。这就是我一直以来真正想写的：事物的名字——仅此而已，它们都是我知道的、见过的和正看着的事物的名字。

如果我把所有事物的名字都写下来，那肯定要用上百页纸。但我什么时候才能有空写呢？总有人在我身边，整日盯着我，给我药，不管我已经说了多少遍，到了时间我会自己吃药。我甚至有一只带秒针的手表！但他们依旧围着我转，不肯给我清净。

我一点都不想告诉任何人有关我写作的秘密，这是有原因的。有一回，我仅仅是对一位朋友说："持续不间断的写作毫无意义。作家应该把时间用在收集名字上，只有名字。每个人都应该寻找收集能揭示本质和现实的名字。"但这惹得我朋友一阵大笑："那这么说来，字典就是最伟大的文学作品喽。"

他的无知令人沮丧。他难道不知道吗，字典里只有"字"没有"名字"？名字究其根本，既存在于人的表面，也存在于人的内心。上帝不许人忘掉自己的本分，因此每个人都必须把自己的身份、东西保留起来。但是我的朋友，唉！这些他一个字也不会懂，于是我闭口不谈。

现在，我一般把写作计划放在晚上，夜晚是安静的、私密的、最不可能被人知晓的。可一旦将名字写在纸上，我就把它们全都忘了。就好像从我体内出来的一刻它就死了。那么，是我杀死了它们吗？我不知疲倦地将它们从我的皮肤、血液和骨头中拔出来再丢掉。除此之外，要用什么办法才有希望保全它们？获得知识并让它保持活力？难道不是说，我们在发现什么的同时也就杀死它了吗？这或许可以解释为什么夜晚的时候，我常常在睡前有意识地想象一些东西，并且分辨出它们的名字。但是日复一日，我叫不出名字的东西越来越多了。有时，我会到那些写了一半的东西中寻找答案直至深夜。这总能让我更加鄙夷身边的人：怀抱着那么多名字，却没有感受到随之而来的巨大责任感。这份信任并没有给他们什么心理负担，他们还能无忧无虑地呼吸。

不过，我也有对写作计划感到厌倦的时候，大多是在我突然意识到体内有无数滑溜溜的触角在深处搅动时。颈静脉似乎被越勒越紧，我感到窒息。下巴松弛下来，嘴里泛起一阵令人作呕的酸水，流不出也咽不下。这让我的思维一片混沌，我开始认定我的写作计划是毫无意义的——不仅是这个计划，而是一切。千足虫带着它凶残的爪子在我体内蠕动，没有什么东西也没有什么名字能比这更加鲜活真实。

而这时，我妻子从小瓶里倒了片药："吃这个，快点！都晚了半小时了。"

我不想吃药，可话到嘴边就变了，有时候干脆没话。这样的时刻让我想到了杰科医生和海德先生的故事，我觉得很有必要亲眼见证自己的变形过程。可是大多数时间我都离镜子远远的，而且我房间里一面镜子都没有。最近一段时间，有个理发师给我刮了脸，洗澡后我对着镜子梳头，但是没有看到自己发生什么变化。终于在一天夜里，我把镜子拿到身边开始继续我的写作计划。

我觉得自己已无名字可写，全都已经写尽了。一天最多写三四个名字，我握着笔等，一坐就是几个小时。名字都写完了，我把它们从我的身体中倒干净了。当名字写尽时，名字也就不再是名字，它们变成了字，这就是为什么我感到十分空虚。也有不空虚的时候，就是当千足虫拖着它活跃的四肢在我身体里蠕动伸展时，我的生命力也被它削弱了。

那天夜里我备好笔坐着，钟即将拨向1点30分——设定好的闹钟响起的时间。每晚睡前我妻子都会定好闹钟，每隔两小时响一次，这样她就能起来给我送药。但今夜我伸手关了它。慢慢地我的下巴变得松弛了，眼皮也开始耷拉下来，我用力攥紧拳头要把牙咬起来，太用力了以至于我汗流浃背。突然间，有什么东西在我喉咙和胸腔里蠕动；就是长在我体内的那只虫子！它灵活地将尖牙刺进我的颈静脉，一种纯粹的领悟力像流动的黑暗般席卷了我。我赶紧抓起镜子来看，名字极致的无用以其坚定的真实打击到我。我同自己相处了这么多年，一直用名字识别自己。但这只是表面的认知，它的深意犹如坚硬贝壳的内核，这是另一种知识了。这种知识一如内核般无形无名，但它确实有自己的身份。我难以置信地看着自己，觉得脑中有什么威力巨大的东西炸开了。

"哦——已经两点了！"我妻子突然从床上下来，她疑惑闹钟为什么没响，但还是将水送到我桌子上，说，"来，吃了它！还不睡呢？"

我哽咽地回答道："是啊，看，我下巴要歪了！"她很快转过脸去，假装用长围巾擦眉上的汗。但我知道，她流的是泪。

"不，你只是没按时吃药而已。没事，你会好的。"

就在那天之后，我对写作计划彻底丧失兴趣，万物都好像封在了鞘里，里面还涌动着温暖、活跃、滑溜溜的幼虫—— 一只蠕动的千足虫。万物将一只叉着腿的、扯人血管的多足虫藏匿在了无生气的姓名之茧里。因此我已将大部分名字驱逐出记忆，并试图以尽可能少的名字度过余生。我时常想不起一些重要东西的名字。这时我的孩子们会转过脸去偷偷擦泪，接着又回过头继续装作开心轻松的样子。

现在，我面对的是这些物体本身——去掉了定义它们的名字，只留下坚固可触摸的实体。毕竟真正存在的是事物本身，而不是它们的名字。当务之急是看到它们自身的价值，而不是伴随它们的名字。我开始检查屋子里所有不同的东西。有时只是坐着，我就能想起一些早已遗忘的老物件。比如一天夜里，我忽然想起了自己的旧烟斗。我突然从床上坐起来。就现在，我必须要看到它，为什么呢——因为我必须要摸摸它。但是这么多年过去了，天知道我把它塞到哪儿去了。我叫醒妻子，问她能不能找到我的烟斗，就是六七年前我常抽的那支。

"睡觉。"妻子哭着说，"回去睡觉。"

但我坚持要找到它，同样也不理解为什么她不住地哭泣。我起床找遍了整个家：衣柜、橱柜、抽屉，全都让我翻了个遍。最后我在一个装废旧物品的箱子里找到了它，它埋在最底下。我看了看，摸了摸，又把它扔回去了。知道它还在，我就满足了。但假如它不在了呢？我不敢想下去。我渐渐不再想具体的东西，现在我只找那些我能找到的东西。东西，数不清的东西，并非什么特别的东西！有一天在一个抽屉里，我从一堆草稿下发现了一捆黄色信封、铅笔头和其他零零碎碎的东西。我记得这些信封里装的是光滑的灰色X光片，是几个月前照的。我把底片举到光下，弯弯的肋骨围着寄生虫一样的脊椎形成了一只笼子，脊椎竖在中间，周围被阴影空白填满。脊柱支撑着头骨，像瓶子上贴的提示内含物有毒的标志；突出的方形上颌和两只眼窝溢满了阴暗潮湿的空虚。两张底片底部的角落里都印着名字——我的名字。

我不情愿地看了看，感受了一下我被毛发与皮肤覆盖的肋骨和脑袋。接着我望向片子上光秃秃闭合着的，笼子一样的肋骨。就在这时，那条有触觉的千足虫开始在我体内伸展，它数不清的腿和爪子粉碎了我的血管。我感觉它好像会突然转过脸朝着我，盯着我呻吟，这意味着我又将感到一种纯粹，它宛如流动的黑暗——是不可亵渎的、漫延的、不朽的、最初的、最后的、万物唯一的本质。

我把X光片放在妻子面前："你看！看！这真的是我！"她什么都不会明白的。

她说："是的。但这些片子都没用了，扔了吧。"

就在那一刻我恍然大悟：不仅是我，还有我的妻子、孩子、朋友、熟人，怎么说呢，还有所有在城市、乡村以及荒野中游荡的人，到头来，除了那个出现在X光片底部角落里的"名字"外，人们在整个现象世界没有任何身份；若是名字脱离了人，它就死了。

但让人惊异的是，即使名字消失了，空虚还在继续。万物都有自己独特的空虚——尽管我们的眼睛告诉我们，我们明显没有独立的身份，但我们都能看到自己内心的空虚。

因此这么看来，我的注意力都集中在了生长在我体内的千足虫上。我想认识它，想看到它。但医生说X光照不出它，因为它是一个生命——生长的、光滑的、蠕动的、有触觉的生命!

有一天,我坐的地方前面摆了一捆纸。每张纸上都写满了名字,但我一个也不认得。突然,它开始在我体内蠕动扩张,我感觉自己要爆炸了。它每秒都在生长,吸取着我的每一条静脉和动脉。我试着吸气,汗水从额头上滴下来。妻子打开我的嘴塞了片药进去,但是针已经取代了我的舌头,药片也变成了针和它们融为一体。有什么东西在我体内生长……扩张……几乎撑破我的皮肤。接着,直觉告诉我,是时候发出一声痛苦尖锐的呻吟——它是第一个字,也是最后一个字;它是最初的声音,也是最后的声音——终于来了。

我听到医生说:"把千足虫弄下来!快,碾碎它!"

"不,不行!"我想说的是,"这条致命的活生生的大虫子,这个蠕动的生物支配着我身体的每个部分,就连毛孔也不放过——这世上的每个字都在它的支配当中!"我想这么说,但我不记得我说了什么……说了还是没说。因为那时我已经失声了。

现在他们正要带我走……我知道他们要带我走……我知道他们要带我走……我知道他们要带我离开……带去外面某处……带去古老荒凉的地方……去黑暗里,去荒野中……在那里他们要碾碎我的千足虫……最初的声音,也是最后的声音……第一个字,也是最后一个字……在黑暗里,在沉寂中……

英文版由穆罕默德·奥马尔·梅蒙和韦恩·R. 赫斯特德译自乌尔都语

生存还是毁灭

扎希达·希娜

Zahida Hina

黑暗如幕布般笼罩着树木，它化作"夜皇后"郁金香的芬芳，弥漫在吹过大地的凛冽寒风中。

　　烟雾弥漫的客厅使我疲倦，我的双脚因疲劳而发热。辞别丈夫和他的朋友，我光着脚来到露台上。

　　客厅的窗户开着，透出的灯光打在露台的地板上。我想起了一个童年游戏。我家的院子里布满了这样的光斑，我们围着它们跑跑跳跳。总会有人跌倒踩进光里，我们称这个人为"小偷"。剩下的人继续到处跑，不管不顾地跑，"小偷"则光着脚追我们。我们会踩遍所有光斑，黑暗的角落里都布满我的尖叫。

　　今夜，我光着脚在露台凉爽的地板上踱步。客厅敞开的窗户向我吐露心声，接着又把一切咽下。

我停下脚步，看见我丈夫伸手打开音响。Boney M[1]乐队尖锐的歌声响起："啦……啦……拉斯普廷。"恐惧占据了我。我看见了他们所有人。四位朋友坐在客厅里，他们喝威士忌喝得醉醺醺的，还发出吵闹的笑声。他们对面是书架，架子顶上有一张装裱好的照片，照片上是贫瘠的山丘，山丘上覆盖着闪亮的白色石头。山丘的一小部分化作了墙，墙上有扇门，门闩上挂了把沉甸甸的锁。门的另一端是个山洞，越过它又是另一座黑暗狭窄的拱形山洞。越过第二个山洞是永恒，是沟通生与死的无尽长眠。

照片上也有我，我抓着门闩向洞里看。我面朝洞穴背朝相机。照片旁边放了一座青铜半身像，雕像上的男人曾经是洞穴中的一名囚犯，我在他所在的城市买了这座雕像。

我拍照时没想到，买雕像时也没想过，有一天会有人坐在我家客厅看着它们高谈阔论。客人对它们的评论招来了黑暗，吞噬了所有光亮。

我的视线飘到书架对面的彩色电视机上，上面放着一个黑色相框，里头裱着一块高级军事奖章，那是几周前颁给我丈夫的，以嘉奖他在自己专业领域的杰出贡献。

就在不一会儿前，那句话还在我耳边。那句话是我丈夫的挚友问他："伙计，那张被闩住的门的照片怎么回事？"他的声音从客厅穿过敞开的窗户。

我丈夫向他解释，那里曾经关押过一位哲学家，他在那儿等了

---

1 德国一个迪斯科节奏的流行演唱组合，20世纪七八十年代非常引人瞩目。其成员来自四面八方，有的来自西印度群岛，有的来自牙买加。——译者注

整整三十个日夜才等来死亡。

那位挚友不禁大笑起来："你老婆可真有才！安排得多巧妙啊，这边是人家住的监狱，那边是你得的奖章！"

"嘘！小点声！"丈夫说，"让她听见了准要生气。"

"瞧你说的，她又不是不知道你是干什么的。"喝得醉醺醺的朋友说话都飘着威士忌味。

"不，她真不知道。"

"但颁奖典礼她也在啊。"

"是的，她当时在场。但是奖章背后的事她不知道，我的任务是什么她也不知道。"这就是那个对我来说比生命还珍贵的人说的话。

对话仍在继续。他们祝贺了我丈夫，赞扬他成功地组织捣毁了一场运动，这场运动曾离我那么近。我可以看到相框里的奖章以及获奖人的脸。这还是那个我能与他聊历史聊文学一聊就是几个小时的人吗？是那个热爱艺术品，对书籍心存敬畏的人吗？是那个最爱的科目是历史哲学的人吗？说这些话的是同一个人吗？

我双腿发软坐在地上，听到谈话声不断传来。这是人的声音，还是狼的嗥叫？他们提到的名字、讨论的人——许多我都认识。在文学集会和私人宴会上，我曾与他们畅谈几小时。我跟他们一起去过很多可怕的地方——见过破败的房屋和一贫如洗的人，这是城市中的人想象不到的。可过去他们也像大家一样住在这儿。

之后我去海外深造，旅程接近尾声时我遇到了现在的丈夫，他到海外接受某种特训。知道我想嫁给他之后，哥哥问我能否适应跟军人一起生活。我的哥哥了解我和我的政治观点，即使那样他也在考虑着遥远的未来。

哥哥的问题我一笑了之。毕竟，像希腊的任何一名士兵一样，苏格拉底也曾许下誓言："我不会使我的军队蒙羞，战场上也绝不背弃我的战友，我将为诸神和人类而战。"书里告诉我，工作并不会改变一个人的本性。我把我的想法写给哥哥后，他就不再问问题了。无论何时，在爱情面前，理智总要输给情感。

我们结婚了，不多久就回了家。我离开了五年之久，过去的伙伴都不联系了，我再努力也于事无补。时局更加压抑，人们分散各处。更重要的是，他们中的有些人不再相信我了，他们将我视作"特洛伊木马"，从心底里无法将我当成同类。这可太折磨人了，但我无人可诉，只能都藏在心里。他们当然都是对的，大概我也没错，我为爱所困。

客厅里，他们提到名字的这些人，就在我们回来几周后，我看到了他们被逮捕的新闻。第二条新闻接踵而至，他们的案子要上军事法庭。我想跟丈夫聊聊这件事，但他闭口不谈，他知道遭到逮捕的人当中好多都曾是我的密友，他不想告诉我那些会让我伤心的细节。

后来我得知有人受折磨而死。他像穷人一样，葬在无名小墓里。他的墓碑上没有名字，那曾是一位无名士兵的墓。报纸用一节的版面讲了讲他悲痛的遗孀和年迈的父母。接着一切都被遗忘了——就好像无事发生。我哭了好几天，还是不能相信那个头脑清晰、拥有纯粹良知的人已经死了，时常妙语连珠的他永远沉默了，那双曾写出真理的手现在也已被尘土覆盖。

我试图抓住怀疑的沙墙，把自己拉到信心的硬地上，但那道堤岸却一直在隆隆作响。沙子不住地从我指缝流走，什么都抓不住。

他们的声音像滚烫的岩浆还在往我耳朵里倒。他们不断提起一个人，那个我曾经很崇拜的人。他们细数自己折磨他的方式：他们怎样拔下他的指甲，怎样让他躺在冰上，怎样电击他直至昏厥。那时我才知道，他在被杀前就已经快要不行了。他们让他像动物一样走路，脱光衣服把他扔进粪坑里；他们在他脚上绑重物，然后又捆住他的手腕把他吊在天花板上。

各种各样的只有人能发明出的酷刑，被用来施加给他和他的同伴。仅仅是因为他们有胆量质疑让普通人的生活苦不堪言的统治者。统治者以为自己是真主在地球上的哈里发，他们觉得自己才是正义之主，按照所认为合适的方式施行正义。

他就在那儿，酷刑的总指挥正坐在自己家的客厅里。那些人在他的监管下遭受酷刑，感受着最大的痛苦，每一丝舒适都被剥夺，而我却每天每夜都渴望着他回家，渴望这个折磨他们的人回我怀中！

书籍、宣传册、报告——他们浮现在我的眼前。《人权国际保护》《国际特赦组织有关酷刑的报告》《人权国际宣言》，后者还带着我丈夫现在和过去领导的签名。第一条写着人生来平等而且享有同等的权利和尊重。第九条……但干吗只说第一条和第九条呢？这份文件有三十条，天知道还有多少附属条款。难道这些内容就从来没让签名者们困扰过吗？

声音、火还有烟雾包围着我，血还有腐肉的恶臭吞没了我。我感到反胃，吐出了一些东西—— 一些消化了的食物，那是用折磨别人换来的卢比买的。呕吐物在我身边堆积成一摊，我却跑不开。

许久，我终于鼓足勇气起身，去卧室洗掉衣服上恶臭的食物。但是还有更多留在体内，那是一段关系的尸体，它曾经比生命还要宝贵。

我擦掉了唇上的口红。镜子里是我的手，它与所有活人、死人以及未出生之人的手一样，有皮肤有脂肪细胞，有静脉有肌肉，有动脉、关节和骨头；和所有人一样，手的末端是手指。

我看着镜子里我的手指，它们是那样精致、优雅、纤长，指甲是椭圆形的，刷着亮闪闪的浅粉色指甲油。我的无名指上带着一枚蛋白石，它乳白色的表面闪着七种彩虹色的光。

接着，很多手指在我眼前浮现，许多年前我见过的那些强壮的男人的手指，它们有着干净的仔细修剪过的指甲，透着健康的粉色。尼古丁染黄了食指和中指的指尖，他们的手指翻阅过文章，嘴唇将纸上的字一一读过。

这是我最后一次看到那些手指移动，也是最后一次看到那些嘴唇说话。此刻，在今夜，我终于知道那些毛发旺盛的强壮手臂已经僵硬得像竹条一样，那些敏感的手指和健康的指甲已经被十根断肢所取代，那上面光秃秃的，没有指甲。

那些手指还写过诗，写过一本有关历史辩证法的书来揭露时下的黑暗——可是现在尘埃吞没了它们。

Boney M的歌声从窗户里传来："他是草原上的一匹狼……"我站在那里不寒而栗，眼中满是他如狼般强健的身躯，而我以身饲狼。

现在我站在半明半暗的拱门外，从这里能一直通向客厅。屋内的人还没意识到我的到来，一旦听到我来，他们又会用羊羔面具遮住自己的恶狼嘴脸，激烈的咆哮也会很快变成温驯的咩咩声。

世人皆说无知是一种福报，如今我两手空空，自食无知之果。

现在他们听到我来了，急匆匆戴上羊羔面具。我走进去看着我丈夫的脸。他的旧面具哪儿去了？是让他忘在哪儿了吗？他还是那个我爱他胜过爱自己生命的人吗？有个声音一直在提醒我："他是草原上的一匹狼……"

我站在竞技场中央，所有灯光都打在我身上。那些我或实在或想要造成的罪孽正张着大嘴，爬向我。

英文版由 C.M. 纳伊姆译自乌尔都语

马 车

尼洛法·伊克巴尔

Nilofar Iqbal

伴随着一声巨响，自行车倒在院子的水泥地上，古多吓得背靠着墙，身子僵硬不能动。他惊恐地睁大双眼，眼珠子都要从眼窝里掉出来了，盯着父亲紧闭的卧室门。正如他担心的那样，父亲嘟囔着从屋里出来，脸色阴沉双眼血红。他先是弯腰检查自行车，灯碎了，崭新的车漆也蹭掉好几块。他怒不可遏，嘴边都开始起泡沫："老子今天就要宰了你这个小兔崽子！"他说着抓起古多的小细胳膊。

　　"我的藤条呢？"他问道。那根柔韧的桑葚色的藤条正是为这种场合准备的，就在院子的角落里。

　　古多的妈妈和兄弟姐妹站在那儿，大气也不敢出。只消一个小小的失误，一个错误的动作，就可能引着父亲找到藤条，虽然他们一致认为古多受点惩罚是应该的。自行车来之不易，是经过了漫长热切的等待才到手的。父亲争取到了工厂里分期购买自行车的资格，车子买回家的那天他高兴极了，还顺便带回了糖和西瓜，家里热闹得像过开斋节。父亲宣布要在自行车前面装个彩色篮子，说要给它点缀上塑料花，还要在车子两边装上后视镜。父亲开心，所以母亲开心。通常情况下，父亲晚上到家的时候都是很暴躁的，因为工厂离家很远，他要走好久的路。总会有个孩子挨他一顿打，母亲则总是那个受责骂的。但古多今天闯的祸太严重了，孩子们大气不敢出，都等着看他会受到什么惩罚。

藤条呼啸着，像暴雨般打在古多瘦弱的身体上。他痛得叫起来，倒在地上求父亲住手，还试图用手抵挡。

父亲盛怒，高声叫道："我剥了你的皮！"终于，母亲看不下去了，跑上前把孩子护在臂弯里。藤条在孩子攥紧的拳头里留下了一道白痕，她再也受不了："住手！就为了这点事你就要杀了他吗？"

"这点事！这是小事吗？新自行车都让他毁了！都是你惯着他，我十分钟就能让他改过自新。他今天跑不了了，我得给他个教训。"他把古多从母亲身边拉走，一路拉到煤橱，这间屋里放着煤炭、废纸还有垃圾。他把古多推进去，从外头锁了门。他对着所有人咬牙切齿，挥舞藤条说："这锁除了我谁都不能碰！谁敢动，我连你一起活剥了！"

父亲又检查了一遍自行车，手指揉了揉掉漆的地方。他捡起破碎的玻璃，充血的眼睛瞪着所有人，然后趿拉着拖鞋回屋去了。

古多躺在煤橱布满灰尘的地板上，他的肋骨和后背都剧烈疼痛着。那是六月，天气闷热，橱柜里热得像烤炉一样。他非常渴，开始感到窒息。他起身拍打着门大喊："妈妈，妈妈，给我点水。"

没人靠近。他筋疲力尽，上气不接下气地坐在地上。地板摸起来很凉爽，他躺下，脸贴着地。从杂志上撕下来的废纸散落四周，古多的叔叔以前是做废纸回收生意的。突然，纸上的彩色图片吸引了他，他凑近它仔细地看起来。那张图上是一驾六匹马拉的马车，在开满鲜花的小路上奔驰。小路尽头是金色宫殿，马车好像正朝那儿驶去。马车的座位是红丝绒的，还缀着流苏。古多忘了自己身处何处，迷失在画中。马额上装饰着红色羽毛，马儿们昂首挺胸飞奔向宫殿。马车最美的是它的轮子——巨大的金色轮子。古多迷失在美丽的金色车轮里。

看，马车跑起来了。古多下定决心："我要跑着去追它。"他跳上马车，很快就陷进了柔软舒适的座位里。一进到马车里，他立刻感受到一阵清爽的微风在吹。真完美啊，他想。马儿一路小跑，他也被颠得上上下下。也许马车就要跑进公园里了，他能看到公园就在他面前。到了那儿我就能喝到很清凉的水了。马车在一条浓荫遮蔽的小路上跑着，空气中能闻到嫩叶的气味。古多开始深呼吸。

马儿们停在公园大门前，古多跳下马车，觉得自己轻盈得宛如一只蝴蝶。他像弹力球般上蹿下跳，进入公园后，他看到了自己即使在梦中也从未见过的景象。他像小仙子一样轻快地掠过草地，似乎已忘记了自己口渴的事实。一只色彩斑斓的蝴蝶吸引了他的注意力，他追着蝴蝶跑。

"别捉它，翅膀会断的。"他听见有人温柔地对他说。他转过身来看到一个女人，她穿着最为合身的礼服，美得惊为天人。他从未见过这样的人。她温柔而充满爱意地将古多拉到身边，她身上有种宜人的香味。古多觉得她像自己的母亲，但不对，怎么可能呢？母亲闻起来是大蒜味的，还带着陈腐的汗水气息。古多将脸埋进女人怀中，滚烫的额头终于在她凉爽馥郁的礼服上找到了一丝慰藉。

"跟我来。"她牵着他的手走向宫殿。古多觉得自己见过这座宫殿，因为一切都看起来这么熟悉。

"这个柜子里有甜甜的饮料。"他用手一指，她笑了。

"没错，你说对了，但你是怎么知道的？"她皱着眉佯装惊讶。

"我就是知道。"古多自豪地说。

女人从柜子里拿出一瓶果味饮料，一杯又一杯地给他倒。

"好了，拜托，足够了。再喝下去的话我的肚子要爆炸了。"古多说着揉揉肚子。

"你是个好孩子。"女人拢了拢他的头发，在他额头上亲了一下。

"来吧，我们玩游戏。"她牵着他的手带他走。古多看见还有其他孩子在公园里玩。蓬松的彩云飘来飘去，它们是绿色的、粉色的、丁香紫的还有白色的。古多情不自禁地想摸摸它们。他追着一朵绿云跑，伸手一摸，哦，就像雪球一样。一片云彩落在他手里，一尝，原来是棉花糖味的。他撕了一大块，高兴地吮吸起来，然后又跑回女人身边。

"我们那儿的街上也有卖棉花糖的，但是吃起来有点苦，这个是真的甜。"

"我们去运河那边吧。"女人拉着古多的手跑了起来。古多高兴地发现她竟然跑得这么快，但他知道自己能跑得比她更快，于是他撒开腿把她甩在身后。

"我赢啦，我赢啦！"跑到运河边他振臂欢呼起来，因为比她到得早。河里还有其他孩子，水漫过了他们的腰。古多穿着衣服跳下去。"哇，水真凉啊！"他高兴地叫起来，像鱼一样游着，时而入水时而击水。女人站在岸边笑着看他。

过了一会儿她说："出来吧，时候不早了。快看，马车来接你了。"

他惊恐地从水里抬起头，发现马车就在附近。

"不，我不想回去。"他烦躁地摇头，快速划动着腿和胳膊游远了。

女人笑了，她说："好吧，如你所愿。但你得从水里出来。"

"不，你先把马车送走。"

女人一挥手，马车消失在树荫里。

女人把他从水里拉出来，说道："你累了，睡一会儿吧，我帮你。"

两人朝着树荫走去，坐在树下凉爽的草地上。她让他枕在自己大腿上，用手指轻轻梳理他的头发。极致的平静让古多难以招架，他合上眼，渐渐沉入深深的梦境。

当父亲将古多从覆满灰尘的地板上抱起来时，他脏兮兮的脸颊上有两条雪白的泪痕。

"他睡着了。"他说着将古多放在母亲身边的小床上，古多的脑袋垂到一边。

母亲摇晃他。"他不是睡着了，是没意识了！"她尖叫着盯着丈夫，眼神中满是气愤和轻蔑。

父亲跳上自行车，一边咒骂酷暑一边快步蹬车，赶往附近的诊所。

英文版由法鲁克·哈桑译自乌尔都语

风滚草

阿兹拉·阿斯加尔

Azra Asghar

没人知道她去哪儿了，可能回了空荡荡的旅馆房间，也可能去了别处。我在桌前的转椅上坐了很久，迷失在纷杂的思绪中。我拿起桌上的镇纸，用光滑的那面贴着桌子转起来。它很精致，里头封印着色彩缤纷的小花，我不知那花是如何进去的。我只知道不久前她坐在我对面，在桌子的另一端填申请表。弗洛拉气色不太好，鼻子也不挺。她把申请表递给我，盯着我。我没注意她的神情，眼睛一直盯着表格，但我知道她狭长聪慧的双眼正在近距离观察我。我习惯了，也知道学生习惯从老师的表情来判断自身的本事和能力——就像婴儿的母亲知道孩子要什么以及为什么哭一样，学生也能从老师的表情变化中得知自己是聪明还是愚钝。在这张表格里，她想要知道的是自己究竟合不合格。那她在我脸上找什么呢？在搜寻什么呢？我扫了一眼表格又还给她。

　　"你没写你父亲的名字。"我礼貌地说。我们男人一跟女士说话就会变得温和、彬彬有礼还带着点幽默，这是习惯使然。而我的职业，又要求我得时刻注意保持耐心和庄严。我这样做很多年了，已经渐渐成了我的第二天性。除此之外，那只指引我的手就像火一样，能把最基本的金属锻造成金。唉！而这位恩人，在行将就木之时给我留的深深伤口，可能到我死都不会痊愈……

"儿啊！现在我就要走了，我觉得有必要告诉你真相，你不是我亲生的。我是养育了你没错，但我不是那个给你生命的人。"

"这是什么意思啊，爸爸？"我握着他冰冷、颤抖的手疑惑地问。

"儿子，我说的都是实话，好好听着。我本可以不告诉你，但这世界太残酷了。或许我死后，你会发现事情的真相，觉得我有罪，所以我决定把一切都告诉你。这些事谁也不知道。事情发生在我事业刚刚起步的时候，我是一个大型学校的校长，很快就要与自己心爱的女孩结婚。一天，一个年轻漂亮的女孩领了个三四岁的孩子来到我办公室……

"'需要帮助吗？'我礼貌地问。

"'先生，这是我的孩子。'她的口音十分优美。

"'能看出来，他可真是个可爱的孩子！'

"'请您让他在这里上学吧。'

"'没问题！把表填了就行。'我说着递给她一张表格。

"'能给他安排一间宿舍吗？'她问道。

"'很抱歉！我们没法给这么小的孩子提供住宿。'

"'那就麻烦了。'她陷入沉思。

"'您不住在这儿吗？'

"'不！'她直视着我的眼睛。

"'好吧，您先填好表。我们会考虑之后让他入学。'我不知道谁给我勇气这么说的。她填好表，在孩子父亲那一栏写了自己的名字。

"'这是什么意思？'我指着问。

"'先生，我既是他的父亲，也是他的母亲。'她语出惊人，给我留下了深刻印象。

"'您的意思是……'

"'不，不是的，先生，我的孩子是合法出生的。'她明白我想说什么。

"'我和他父亲离婚了，我不想那个人跟我和孩子有任何瓜葛。他剥削我们，还残忍地对待我们。审判之日，所有人皆在名前冠以其母之名。真主怜悯世人，因此获得信任，那么为什么我们不能把自己的名字和孩子联系起来？

"'您说得对，女士，但真主也规定我们在世上是因父亲之名获得承认。若非如此，世上还有什么道义可言。'

"'但我永远也不会允许那个人的名字和我的儿子有任何关系，他躲着我们不肯见，还将我们抛弃在黑夜里。'

"'但教育的规则依旧无法支持您的立场。'

"'那就写您的名字吧。'她脱口而出，而我不知道受了哪种情绪的怂恿，把自己的名字——阿里·艾哈迈德·赛义德——写在了空白处。

"'好了，从此以后小舒贾特就跟着我了。'我起身将你抱到我身边。

"'先生，您的大恩大德我没齿难忘。我已无顾虑，随便住在哪儿都好。我死而无憾了。'泪水从你母亲的眼眶中滑落，我三言两语地安慰，让她将它们擦干。那之后你母亲来看过你几次，后来就出国了。她是个了不起的女人，你可能以为她死了。但不是的，她还活着，她的住址就在我的日记里。我说的这些，你可以找我当年想娶的那人求证，我俩没能结婚是因为我要养育你。我希望你努力学习，成为一个好人。感谢真主，我的任务已经完成。现在我可以平静地离开了。"

爸爸走了，留我一个人在这世上。我成了他的接班人，因为只有这样才能寄托我对他的爱。我在一所大学任教，所教的不仅有大学生，还有来学乌尔都语的外国学生。

"不好意思，先生，我能写别的来代替我父亲的名字吗？"

"比如说写什么呢？为什么？"我看着她苍白的脸，不知道自己说这话时在想什么。她的眼睛盯着表格，手里握着笔静静坐着，脸色看起来更加苍白了。

"先生，我是越南人。"她悲伤地说。

"我知道。"

"我们国家这些年一直在打仗。"

"这我也知道。"

"我们是难民，是那些外国人暴行的受害者。"

"我相信你们是。"

"先生，那您一定也知道，越南有很多像我这样的孩子，我们对自己的父亲一无所知。"泪水顺着她闪亮的、狭长的眼睛一直流到表格上。我轻轻地从她手中接过笔，把表格转向自己写道："弗洛拉，舒贾特·阿里·艾哈迈德之女。"

"您？"她惊讶地瞪大双眼。

"是的，孩子，这是我的名字。知识之书告诉我们，老师位同父亲，所以这么来看你就是我女儿。"

她苍白的脸颊上滑落一串泪珠。我安慰她道："这不仅仅是你的问题。这是一场悲剧，文明程度高的发达国家假进步之名向小国传授生存之道，教会他们如何保命，然后夺去他们的生命。大国对待小国总是——授之以渔维生，反从他们嘴边抢走食物；授之以武器自卫，反用同样的武器杀死他们；授之以自由真谛，反将生存权利握在自己手里。曾经，外国势力得意扬扬地进入印度联邦，等他们走了，只留下一群'没了爹'的孩子。这不仅是你个人的悲剧，弗洛拉，这是所有受奴役民族的悲剧，附属国是胜利国野蛮暴行下的受害者。还有，弗洛拉，在每个国家里，女人的尊严总是最少的，因为人们倾向于认为女人低贱，这让她们持续成为男人施暴的目标。坚强起来，弗洛拉，坚强点！你坚强的越南母亲养育了你，她的乳汁给了你坚强和力量。坚强起来，打破奴役你的枷锁，别让它以文化之名束缚你！"

她离开了，陷入混乱的沉思里。我把玩着镇纸，它精致巧妙地困住了一些鲜艳的小花，坐在转椅上的我陷入沉思。毫无疑问，世界就如同这旋转的椅子，它可能在几年之内完成变革，但仍然无情地旋转着。

坐在上面的人或许会改变，但它是不变的。

英文版由阿提亚·沙阿译自乌尔都语

母 牛

菲尔杜西·海德尔

Firdous Haider

她吓了一跳，抬起绘着海娜纹的双手，嗅了一下手腕上的茉莉花手链。接着她摸了摸发缝上的金线，花香和火红的海娜纹激起了她心中焦灼的渴望。

海娜纹想变得熠熠闪光，金线想得到亲吻，她花瓣一样含苞待放的双唇想开成花朵的模样。但一切如旧。

一切都令她想起那个潮湿炎热的夜晚，树叶都屏住呼吸，连细语般的微风也变得寂静无声，时光好似凝滞了般，万物都蒙上了一层痛苦的面纱。那晚也此般……让人期待已久。她浸透香气的身躯像一座矿山，等人来询。

时间一点点过去，一点延展成千万年，千万年相连。她一直在等，但一切如旧，孤独与不安如旧。

母牛的叫声像石头落入深井发出的声音，在安静的小巷引发了一阵骚动，它似乎也难以忍受这一成不变的沉闷，现在它挣脱束缚，跑出去寻找伴侣……因为这种渴望越来越强烈。

人们从窗户和门里向外看，有人茫然，有人疲惫，还有人一脸不满足。但年轻未婚的女孩和正受着与伴侣分别之苦的女人们知道，牛想挣脱束缚是因为想繁育了——妒意好像萤火虫般在她们眼中闪烁。她们知道这是它的权利，只有积攒到足够的力量才能挣脱束缚，而力量来自繁衍的本能激情。

那个夜晚——想要放下防备的夜晚，是所有夜晚的母亲。当它静止不动时，她抬眼看。

他在那里。

他在那里，她相信他在，但是他并不在。她又垂下眼。她已经接受了自己不知道的事情，她对此事没有发言权。他是别人替她选的，她却想拥有他，信奉他，爱慕他，敬奉他。母亲之夜被杀害了，她子宫中孕育出的那些时刻也被钉死在架子上。

他在那里，却没有创造的能力。他在那里，坚持要被奉为神明。他想要得到非他所有之物的承认。

"你将爱我、服从我、敬奉我，因为我是你的神。这座房子提供食物和庇护，保佑你不受四季变化的侵扰，在这里你可以吃、喝、大吼大叫，但要坚守本分。"

她被命令道。

她一直聆听着，思考要如何接受与服从，却不能发声。她不能为了换取食物而跪拜，虔诚应该是一种由内散发的光芒。这里的一切虚无荒凉。从内到外，她的心都无意卑躬屈膝。

用虔诚换庇护所和保护是不公的。没有探索和调查，她就被拴在了一根钉子上，在那里，可以获得生活的一切便利，除了生命本能和天性所渴望的。

那种渴望，那种爱与那种能使万物神圣化并赋予她母性身份的活力，让她腹中充满母性的感情，让她像一棵结满果子的树在大地上摇摆。

用金色的面纱遮住她的眼，再用深红色叮当作响的锁链束缚她，让她臣服。

在那一夜，作为所有夜晚之母的那夜，从那以后……其他夜晚都保持沉寂，她体内的女性像贝壳般打开了。当那颗珍珠没有进入贝壳时，那个女人哭了，沮丧的情绪吞没了她。

那个被选中成为她的神的男人也知道自己不够格，但是他试图用强健的身躯来弥补不足。这就是他让她卑躬屈膝的原因，这是不公平的，残忍且自私的。他想证明自己高人一等。

她想要崇拜他却做不到。她坚守本分，她的身体经受煎熬。她被迫将良心放在一旁，但她的激情在消融，她的洞察力变得更加深刻和敏锐。

那时，她痛苦的灵魂听到了一个声音，一个吞没了其他声音的声音，像一滴水吞没整片海般吞没了全部。她变得越来越焦躁不安。她像一管长笛，试图从悲伤的节奏中找寻安慰。她现在相信，等悲伤到达顶峰时，那个一直等待着的时刻也将到来，是这个信念让希望之火不灭。

人们说这种悲伤、期待和信念是神经紧张的表现。但她在蓄积不可战胜的力量。因为惧怕她，这位神不断加强控制，借助科学家往她喉咙里灌安眠药。他没打算放走这头母牛。她是他男子气概的象征，她的存在更加确定了这一点。

爱能翻山越岭，铁能击碎钢铁，没有什么能割断繁衍的渴望。

而之后……

恍惚中，她明白了小屋再小也不算小，宫殿再大也不算大；钻石非无价，土石值万钱。她发现统治者成了被统治的人，主人成了奴隶。她看见了萨奈一样的山峰，听见了经文一样的声音，察觉到了知识的光亮。

然后是那一滴启示：

它比海洋更广大，是贝壳里无价的珍珠，是大地，是时间，是无处不在的。

风笛的旋律混合着热情变得更加急促，天与地合为一体，她知道那一刻到来了，她一直等待的那一刻，于是她撕下金面纱砸断铁链。

人们想将这一刻从她身边夺走，因为他们并不知道那种疼痛——它是获得满足的源泉，它指引世人抛却尘世间的一切荣华富贵。

施虐者想用石刑处死她，但现在锁链既已破碎，她可以朝着目的地前进。她不停地走不停地跑，身后也有人不断地追。

现在她已转化成了一种能量，想要与其他能量交融，开启繁衍的过程。这是自然的，是注定要发生的。这是母亲的时刻，是繁衍过程的开始。否定它是不可能的，接受它是不可避免的。确认它不需要声明。

她终于停在那里，那些手握石头追赶她的人也随之而来。他们看见她身上散发着光，看见她臣服在那股力量面前，它保护她、支配她，而她接受它的至高无上。他们看见光的港湾，她漂浮其中犹如银流。

这种液体——有时是海娜纹的颜色，有时能让含苞待放的唇瓣绽开，有时变做鲜花手链的芬芳。

现在，嘴唇不再是嘴唇，海娜纹不再是海娜纹，手链也不再是手链，全都混为一体。她不再害怕，谁也不怕，连手拿石头的人都不怕。

然后，当那些疲惫失望的人坐在半敞的门窗后时，那头挣脱绳子的母牛回来了。

归来的她宣布自己正在孕育生命。

英文版由雅斯敏·哈米德译自乌尔都语

秋日蓓蕾

阿提亚·赛义德

Atiya Syed

或许已经是秋天了，窗外跃动的阳光显得十分微弱。院子里，当开着白色小花的树上落下一片叶子时，她打了个哆嗦。一段时间以来，一种奇怪的状况像幽灵般跟在她身后，就像黑暗的房间被灯笼点亮，光与暗交织，把寻常可见的日常事物转化成了引人入胜的新鲜玩意。枯黄的落叶带来了一阵莫名的悲伤。流水和片片飞云在眼前如白冰般消散，只留下些许伤感萦绕心头。这一切对她来说都是新奇的，从前有人对她说这些事时她都一笑了之。如果卡比尔在信中写换季会给人带来悲伤的话，那她只会觉得这是一种诗意的表达。然而此时不知为何，当炎热的天气逐渐转凉，白天越来越短，树的影子越来越长时，一种微弱的消沉将她包裹起来了。她一直讨厌夏天，夏天一过，她的身体和思想都变得轻松快乐了，因此这种微弱的消沉、这种缺失感让她惊讶，因为她并不悲伤。她每天都过得挺开心的，那么是为什么，毫无缘由地觉得一种莫名的失落感像一双冰冷的双手攥住了她的心。

寒冷的十二月里，卡比尔到来后围绕着她，但不足以抵挡墙壁透出的寒风，或是她毛孔中散发的凉意。卡比尔的喋喋不休，无休止的交谈，在她听起来就像遥远的海洋的呼啸。当她望向卡比尔时，他的五官变得模糊了。过去她总是仔细地看他眼睛的颜色，看他鼻子的形状以及他的笑，这样才能把它们珍藏在心间，好让两人天各一方时不那么孤单。然而这一次，即使卡比尔在场，即便他就坐在那里，他的五官也开始变得模糊，好像是她的视力开始衰退一样。那天下午，当他们坐在阳台上晒太阳时，光天化日之下，卡比尔竟然变成了一个幽灵。他的声音变得很轻柔，二人之间的距离也拉长了。

十二月的假期要结束了，卡比尔准备离开。她到火车站送他，车要开了。存好行李以后，卡比尔站在门口同她说着什么，而她两眼无神地望着他的身影，心不在焉地听他说着。汽笛声传来，火车轮子开始转动。萦绕不绝的汽笛唤起了她心中的渴望。卡比尔要走她并不难过，可是随着火车汽笛响起，忧愁像乌云般笼罩着她。

火车开走了，站台空荡荡的，伸着脑袋回望的卡比尔变成了几乎看不见的小斑点。只有一种异样的孤独感陪她留在站台上。

她回到家里已是晚上。"夜晚！这是日月相拥的时刻，但这场相聚带来了别离，预示着它们即将分开了。我在想什么？"她被自己的想法惊呆了。

"'放弃''分离'，这些消极的词是怎么进到我脑袋里的？"

在这段时间里，夜幕笼罩着她，使她沉浸在紫色的幽暗中。她想起了母亲在夜幕降临时的不安，想起了她怎样在家中的院子里像疯子一样踱来踱去。母亲的烦躁也会激起她的烦躁，黄昏降临时她又会因为母亲的郁郁寡欢而生气。现在她自己每天晚上感到莫名的恐惧，一看到紫红色的日落她就血压升高、血管收缩。

今天，在火热的圆盘一样的太阳准备落山的时候，她想：又一天从太阳的手中溜走了。一种浪费的感觉涌上她的心头，仿佛失去了一件贵重的物品。

夜晚已来临，太阳收起了最后一丝光芒。房间一片漆黑，死一般的寂静中传来时钟的嘀嗒声，使她更加不知所措。

嘀嗒，嘀嗒，嘀嗒。在寂静的房间里，她可以清楚听到自己的心跳声。每一次嘀嗒声都让她的心剧烈跳动。她害怕那不间断的嘀嗒声，感到一种未知的恐惧，仿佛有什么事将要发生。她的四肢感到一阵刺痛。

"一些事情即将发生。"一个声音在她脑海里回响。

"会是什么呢？"

嘀嗒，嘀嗒，嘀嗒。她的体内好像有一只钟，时间在流走。

在过去的几周里，她一直反复做着同一个梦。她在挂满了钟表的房间里，小的、大的、各式各样的钟都在嘀嗒作响。然后在她的注视下，对面墙上的一只钟开始迅速变大伸展开来，表的嘀嗒声在她的脑海里回荡，剧烈的响动让她的太阳穴一跳一跳的。她用手指堵住耳朵来屏蔽声音，但声音还是没有断。最后，逐渐增强的音调几乎要震碎她的鼓膜。

然后她发现自己缩小了，小得无关紧要，她既不在钟里也不在钟外，而是被锁在它那怪物般的身体上，变成它的一部分。它可怕的双手正在光速接近她，无情地靠近她。她的心跳是那样快，快得几乎要从保护它的身躯中跳出来。

"我必须得做点什么。真主啊，请帮帮我。"她开始盲目地在那个可怕的钟表里乱窜，怪物般的手正以光速追赶她，那双铁爪猛地向她袭来，将她撕成碎片，然后继续他们预定的路线。

每当到了这个时刻，她都会吓得睁大双眼，汗水湿透衣衫。

三月最后一个星期的第一天对她来说本是平常的一天，她没听到有关即将到来的风暴的警告。她正准备去伊斯坦布尔参加卡比尔表亲的婚礼，并不知道一团黑云正悄悄地迅速地向她袭来。这黑云并不是真正的云，而是一种隐喻，表现为她父亲的血压急速升高，葡萄糖被迅速分解。那天中午十二点，她父亲第一次中风瘫痪，进入了迷雾之境。那个世界的人们被迷雾笼罩着，处在生与死之间，一切都是灰黑色的。在那里，可以听到声音但是它们没有任何意义，可以看见人脸但是没有明晰的轮廓。

从前死亡只是一种可能，现在却实打实住进了她家，就藏在她父亲失明的双眼里。在天堂的蓝色巨伞下展开的梦境现在只能缩成一个光点，能描绘千言万语的舌头现在变得结结巴巴。时间曾经可以清晰地映在灵活的双手中，现在只能堵在胸腔里。

三天之后，她父亲第二次中风，当时她正在医院陪他。夜晚来临，他的双眼变得像太空般深不可测。时间停止了，但是墙上的钟声还在继续。

她尚不清楚体内的深渊如何暗流涌动，正如当时的她不清楚父亲血管内的血流如何变化。三月最后一周的那天是一场革命的预兆，是她生命中从未设想过的一场革命。在此之前，"毁灭"对她来说只是一个词语，是书中的词语、古老传说中的词语，是写在新闻标题中他人的悲剧。现在这个词人格化了，变成了她切身的体会，她被久久地攥在它冰冷的双手中。

"毁灭"成了她的镶边，像蛛网一样禁锢了一切思想、感受、情感。它露着尖牙，双眼半睁半闭，由内而外地看守着——在繁星闪烁的天空中，在大地的深处，在滚动的岩浆中，你能听到它雷鸣般的声音。

电视开着。"北极圈臭氧层出现空洞……河水怒涨……气候变化……威尼斯下沉，每年它的海平面下降一英寸[1]。"主持人接着报道了人们为拯救这座历史名城做出的努力。

"威尼斯正在下沉。"她想，"它要被淹没了。"

"威尼斯正在下沉。"这些想法迅速搅入了她思维的旋涡里。

"威尼斯正在下沉。"她感到眩晕，头脑一片混乱，一切都在迅速后退，树和电线杆都在朝着另一个方向走，就像是火车上的乘客看到的那样……接着一片漆黑吞噬了她。

她在医院里恢复了意识，并不知道刚才发生了什么。她的病有些不确定性，所以医生不愿做出诊断。肯定有地方搞错了。她体内不停转的钟被扰乱了，钟声有时会突然在一瞬间消失。钟声的消失和医生意味深长的目光让她发觉自己处在悬崖边缘，一步步走向万丈深渊。躁动的水声，消散的云朵，离枝的落叶，这都是毁灭将近的迹象。它从每一个毛孔中渗出，引得她浑身颤抖。她直面赤裸裸的恐惧。

1　1英寸≈2.54厘米。——编者注

她做了手术，但医生说她还没脱离危险。当时她希望渺茫，长矛的尖端已经触到她了，但是二者之间仍留有一点缝隙，像是一闪而过的念头……迅速地闪过……它被拉长成了许多个片刻，或者仅有一点脆弱的片刻在它们中间。

"这个渺小而脆弱的时刻与毁灭的可能一起颤动着，"她想，"可是失去的感觉增加了这种美，以及对欲望的永恒渴望。"

她起身打开窗户，黎明将近，这是创生的开端。鸟儿唱着不朽的歌，这歌从创生起就有了。露水洗涤了一切，万物闪闪发光……多么美啊……多么易逝……多么宝贵。那一刻，从她禁锢的灵魂中，一朵幼小的、叛逆的蓓蕾昂起头，它冲破石头，肆意生长着。

英文版由萨米娜·拉赫曼译自乌尔都语

男子汉行为

尼兰·艾哈迈德·巴希尔

Neelam Ahmed Bashir

得想个办法解决哈米德！

如果哈米德的问题解决了，谢拉和他母亲就能如意了。但突然清理掉一棵在那儿屹立了多年的树并非易事，母亲想让他将树连根拔起，可是他心里还存有对真主的敬畏。与哈米德相处了这么多年后，他觉得自己要对她负责，但是他能拿自己的心怎么办呢？他心里都是塔吉。

最近他都无法想象离开她片刻，她不仅征服了他的心灵和思想，还征服了他的感官。可他又能如何？塔吉太迷人了，她年轻鲜活，红扑扑的脸像玫瑰一样娇嫩，任何见过她美貌的人都无法抵挡她的魅力。

哈米德以为用爱和安全感建造起坚固的城堡就能困住谢拉，可没想到有朝一日，会有一支来路不明的烈焰之箭穿透城堡，顷刻间就将一切化为乌有，只剩她与废墟四目相对。

谢拉撩开麻布窗帘进屋，像往常一样，哈米德坐在院子里火炉的右边烧饭。日复一日，当她拉着风箱点燃堆积的牛粪和柴火时，她的大银耳环上下飘动，眼睛被熏出泪水。即使这么多年过去了，哈米德还是不知道怎样正确生火。母亲觉得这是因为她太懒惰了、不勤快，对女人来说生火又不是什么难事。不仅不难，还简单得很。

母亲习惯了不问缘由地奚落哈米德，她绝不放过任何一个抱怨她的机会。事实上，哈米德不是她选的，是她儿子谢拉的选择。当他把这个媳妇带回家时，母亲不得不很不情愿地接受她。但最让她耿耿于怀的，还是哈米德至今未孕这件事。这是天大的罪孽，她怎能忘怀？她整日责备哈米德，怪她不肯给她生个孙子。

就连谢拉娶哈米德那时候都不能让她高兴。

"真是人神共愤！丈夫死后又生下死婴的寡妇，怎能和年轻英俊的未婚青年匹配？"

谢拉好像疯了，他完全不思量后果，固执地说自己非哈米德不娶。

听见轻微的响动，哈米德抬起头，疯狂摇晃的耳环好像要缠住她的脖子。

"你回来啦，谢拉！"她微笑道。

"晚饭好了吗？"他像往常一样问道，接着去洗手和脸。

哈米德立刻开始为他烤制新鲜的烙饼。谢拉一言不发开始吃饭，只是看着他吃就让哈米德感到高兴。"但为什么他这几天这么安静？"她想。之前坐在她身边时，他的嘴一刻也不会闲着。白天发生的事、他的工作、好玩的事，他什么都告诉她。他不知道是刚烤好的烙饼的香味，还是哈米德身上散发出的香味更让他陶醉，为了快点咽下食物，他开始大口喝水。

木柴里冒出的烟把哈米德的眼睛都熏红了，看到她揉着泛红的眼睛，他会温柔地问："烟扰到我的王后了吗？"

"是的，非常讨厌。"她会嗔怪道。

"你的眼睛真漂亮！像熟透的金色麦粒。"他会夸赞她棕色的杏眼，"我对天发誓，我日日夜夜都在看着它们。它们一整天都印在我脑海里，看着它们就知道几点了。"

"说什么胡话！"她会笑着说。

"真的，哈米德，你不知道自己的眼睛有什么魔力！清晨的时候，金色的太阳在你眼中升起，代表着美好一天的希望；时间推移，它们散发着满足与和平。"

看着她严肃的神情，他会哈哈大笑起来："哦！你太傻了。你要是上过学，肯定能明白我什么意思。"他会吹嘘一番自己的大学生身份。

谢拉是她的全部，他的爱是她修来的福气，也让她自豪。有时他会对她说："听着，哈米德，我希望你能一直承受我的爱。"她感到不安。

除了爱谢拉外，她还很感激他娶了自己。在此之前，她以为自己要孤独终老了。她的人生毫无价值，毫无目的，像一片干旱的沙漠。婆家没给她一点尊重和重视，她却不得已要和他们住在一起，因为除了已过世的父母，她没有任何近亲。

丈夫死后三年，她躺在婆家的房子里，变成了一块毫无生气的粗糙木板。她用冷漠的大眼睛看着生活从自己身边经过，不禁纳闷为什么它不能驻足片刻看一眼自己。

她穿上黑色长袍，穿上代表禁欲的木鞋。但有一天，一个崭新的早晨敲响了她的门，吓了她一跳。在这个灿烂的清晨，太阳的名字叫谢拉，他的光辉让她眩晕。忽然之间光芒散布各处，哈米德的眼中充满了光辉。哈米德都记不清双手何时触到这轮金灿灿的太阳，它的光辉洒满她的脸庞，又照进了银色马车里。

谢拉还清楚地记得第一次在朋友阿夫扎尔家看到哈米德的那天。她是阿夫扎尔的嫂子，尽人皆知，但是没有人意识到这朵脆弱、悲伤的玫瑰也有着对生活的渴望。这个脆弱、悲伤的女孩才二十出头，每当谢拉看着她时，他都无可救药地被她幽灵般的棕色大眼睛催眠。他开始找各种各样的借口出入阿夫扎尔家，在他家所有人面前混了个脸熟。谢拉有时带茶去，有时带食物去，常常望着她出神。他不在意哈米德是一个饱经风霜、备受摧残的女人，不在意她有怎样的社会地位。他只知道一件事，那就是自己迷上她了。渐渐地，他们开始小心翼翼地用眼神交流，哈米德陷入了丝滑的、色彩缤纷的梦境中。

深思熟虑过后，谢拉让母亲去哈米德婆家提亲。不出意料，母亲盛怒。她从未想过，自己那未婚的独子竟然昏了头爱上了一个寡妇，她还生过死胎！

"那巫婆肯定是给你施法了。我知道这些女人的能耐，请真主降怒于她！她都把丈夫和孩子吃了还不知足吗？这只吸血鬼现在又盯上我家了。我才不去向她提亲！"母亲捶胸顿足痛哭道。

邻居知道了这件事，接着亲戚也知道了。消息不胫而走，最后传进哈米德婆家人的耳朵里。

"我的儿媳啊！我家的名声啊！有人挂着我死去儿子的名字还要再婚啊！这怎么成！"公公咆哮；婆婆威胁说要打断她的腿，还要把她囚禁在家里。哈米德感到难以呼吸，她又变成了一株虚弱的玫瑰。

那些微小却旖旎的梦成了她的密友，她无可奈何地把它们放在巨大的、坚固的箱子中，谨慎地上了锁，任灰色的寂寞爬上自己的黑发。双方亲戚剑拔弩张，流言蜚语不断，留下一地鸡毛。谢拉丧失了希望，但要他忘记哈米德是不可能的。

一天夜里，他的朋友阿周·佩拉万问他为什么难过，在担心什么，谢拉告诉他困扰自己的难题，还说自己无法想象没有哈米德的生活。阿周听后哈哈大笑，笑得给他按摩的小伙子摔了油瓶。

"你可真是只纸老虎啊！你已经有喜欢的人了，却还不是一个真正的男人！你说的这事有什么难的，我没看出来。"

"我要怎么做啊朋友？母亲不同意，更重要的是，哈米德的婆家也拦着！我想不出任何办法！"

"那又如何啊我的朋友！怕什么？你什么时候变得这么娘儿们唧唧了？你可是个男人啊！像个男人一样——带她私奔，娶她啊——带她来我这儿。我立刻让你俩结婚——有我阿周·佩拉万在，谁敢拦你！你啥都别怕——！"

在阿周的怂恿下，谢拉鼓足勇气。没什么难的！没什么不可能！

他开始寻找契机。一天早上，天还黑着，他发现哈米德跟妯娌一起下地干活了。两人慢慢走着，谢拉悄悄接近她们，一把将他的新娘抱上马。另一个女孩的尖叫隔了很远还能听到。哈米德怦怦的心跳声全都淹没在马儿飞奔的呼啸声中了。

阿周·佩拉万很快安排了大毛拉和证婚人，这一切都让哈米德措手不及。可能一切只是场梦吧，从没有过如此甜美的梦。她紧闭双眼点点头，四周响起一阵欢呼声。她害怕一睁眼，这一切就会像断开的项链，珠子落得到处都是，而她两手空空。

婚讯再次引起了亲戚们的众怒，硝烟再起，但都已无济于事。在这种情况下，每个人都缄口不言，不久之后事情就会被遗忘。

成为谢拉妻子的哈米德欢欣雀跃，她再度学会了笑，学会了娱乐，她戴在头上的青禾色头巾是谢拉的爱，他的保护让她无忧无虑。成为谢拉这样无畏的男人的爱人，如哈米德这般弱小的女人也变得坚强了。现在她不再惧怕这世界，不再惧怕她婆婆的讥讽。他的爱让她自豪，这份自信让她熠熠生光。她像打磨过的银耳环一样夺目，女孩们都嫉妒她的好福气。

时间流逝。

哈米德的爱随着时间日益增长，谢拉的激情却渐渐退却成了一湾静水。其中一个原因可能是那双能用小石子激起湖水涟漪的小手迟迟不出现，他的到来遥遥无期。没人知道他住在哪里，以及为什么他的光芒没有像月光一样洒在他们的院子里。五年过去了，哈米德沉浸在悲伤中不能自拔，而谢拉已将此事遗忘。母亲不用保持缄默，她整日叹气，啃咬哈米德的心，而哈米德也不为自己辩解。只有婆婆催促的时候，她才去拜访医生和先知，去祭拜圣徒。但可能是真主不允许，他们的夙愿迟迟未了。

现在，就连亲戚、邻居都开始指指点点。

"萨达兰可真有耐心，让这棵不结果的树长在自家院子里。哈米德要是我儿媳妇，我早把她扫地出门了。"

"我说什么来着？她就是不祥！首先她是寡妇，其次她生了个死胎，最重要的是她还不生孩子。就这她还到处乱转呢！瞧她那莽撞样！真是既不稳重又无耻。"

"我觉得她身体肯定有毛病，要不然不可能生出死胎。"

尽管被各方指责，但她似乎什么也不在乎。谢拉是她的避难所，他的爱给了她力量，是只有她才知道的秘密。

只要参孙还有神力，他就不会屈服。一日趁他熟睡时，大利拉悄悄接近他，剪去了给他力量的长发，让他变得软弱无助。

那日，塔吉偷了甘蔗后在甘蔗地里撞见了谢拉。在那之后，他的控制力、原则、道德和忠诚全都坍塌了。年轻处女的温暖触碰像闪电一样劈在谢拉身上，顷刻间就把他点燃。

那天，破天荒地，他觉得哈米德的怀抱变冷了，还散发着腐朽的陈旧气息，他害怕极了。这种转变是怎样发生的？他无法理解。他焦急地想："我以为我的目标已经达成，可塔吉又给我指出了一个崭新的目的地！"

塔吉就像金黄的甘蔗秆一样，表面是硬的，里面鲜美多汁。谢拉情不自禁地触碰她甜美的身躯，他的手指变得黏腻起来。他的嘴唇贴上她的身躯，新鲜的糖分就渗进他的血管里。她火辣的甜美让谢拉无力招架，缴械投降。他控制不住去甘蔗地里找她，她等在那里却不肯解他的渴，而他越是品尝到甜头欲望就越强烈。

回到家，对着木材和牛粪堆吹风生火的哈米德在他看来就像个陌生人。她的眼睛因为生火而熏得通红，他却很难从中找回昔日凝望时的温暖。他很快把饭吃完进屋躺下，翻身时他会想象塔吉就在他身边。他闭上眼，装作睡着了。

甘蔗地让他魂牵梦绕，他开始晚回家了。村子里流传着一些闲言碎语，它们也渐渐传进了母亲耳朵里。塔吉不似哈米德那般软弱，她会骄傲地向朋友们讲述他们的约会，还有那些风流韵事。

母亲向谢拉提起这件事时，他默默低下了头，但是她认出了他眼中隐藏的对新欢的爱意和占有欲。母亲怎么可能反对呢？她的心中又燃起了希望。她想有个脸颊红扑扑的小孙子，她想有个漂亮的带着金闪闪嫁妆来的处女儿媳，这些期盼点亮了她昏黄的老眼。她想："上次谢拉弄巧成拙，强硬地将自己推进了婚姻中；这次的婚礼我要亲力亲为，我要宴请整个家族，我要穿红裙子和其他女人跳舞。我要满足我的所有愿望。"但首先，得想想该把哈米德怎么办。

母子二人为了哈米德的事日夜苦思冥想。

渐渐地，塔吉也常常借着这样那样的理由登门拜访，还慢慢跟母亲熟络起来。

"姨，您的头发太干了！我用精油给您做个护理吧。"

"我帮你把豆子里的石子拣出来吧，哈米德姐姐。"

"让我浆一浆谢拉的头巾吧！我给他喂马！我把他的背心挂起来！"

开始的时候哈米德并不反感塔吉频繁来访，但她渐渐发现谢拉越来越关注塔吉，这让她陷入了深深的悲伤。她从未想过，参孙的头发已经被大利拉偷走了，他的雕像跌落神坛摔得粉碎。

"那个贱妇不许再进这个家门！"她用吼声来证明自己的权威，她是这个家的主人，也是谢拉的妻子。

"她是我亲戚！来看看我为什么不行！"母亲胡搅蛮缠道。塔吉确实是她的远房亲戚，母亲利用这点来维护塔吉。

"她有什么非来不可的理由？你想让我给她腾地方？记好了妈

妈，只要我活着，你就别想这事了，我绝不容许！"她像母老虎一样咆哮。

"谢拉，你怎么不告诉她我要亲自选儿媳妇，我要个能给我生孙子的新儿媳妇。"

母亲摊牌了。谢拉看都不看哈米德一眼，拿着头巾出门了。他非常紧张，在赶去甘蔗地的路上遇到了塔吉。

"你怎么了？怎么脸色这么苍白？还出了好些冷汗？"

塔吉用手帕擦了擦谢拉额头上的汗珠，他们坐在榕树巨大的阴影下。天色渐暗，倦鸟归巢，精疲力竭的谢拉把头靠在塔吉肩上，她温柔地搂着他。

"那个巫婆肯定说了什么！你怎么不跟她摊牌呢？"塔吉皱着眉问。

"我告诉她了，但是她不许。听着，塔吉，我不能把她赶出这个家。我该怎么办呢？我已经无计可施了！"

鸟望着巢求助。

"那好啊！你跟她过吧——可你为什么还跟我打情骂俏呢？你要是真的爱我，就不会让我离你这么远，你会娶我，会带我回家。我不知道你这么懦弱！为了我们的爱情你就不能勇敢一点吗？天下男人都一样自私！"

塔吉眼中噙满泪水，推开谢拉靠在自己肩上的脑袋，放声大哭起来。她走了，谢拉目送她越走越远。

塔吉，他的生命，他的灵魂，带着不满离开了，而他什么都做不了。他的心沉下去，迈着无力的步伐，沿着小路走回家。

"哈米德！"进门后他像狮子一样咆哮，"我要娶塔吉，谁也阻止不了我！"谢拉气急败坏地捡起柴火捅进火里。

"但是……可是……你只爱我。你是我的！"这些话卡在她喉咙里。

"我爱过你，但是现在我爱她！这你都不懂吗？我是要赶你出门吗？你也能待在这里，但是别硬逼我。我没跟你保证过咱俩要过一辈子！而你就希望我那样！"

哈米德盯着他，目瞪口呆，她开始思索那些承诺的海誓山盟有何价值。难道说只有白纸黑字写下来的才叫承诺？

她想得出神了，要不是烧开的锅吓了她一跳，她还能继续待在白日梦里不出来。

"好好做饭！你今天想饿死我吗？"谢拉生气地说，戴上头巾出门了。面对自己解决不了的问题，双脚不自觉地就把他带到了阿周·佩拉万的摔跤场。他甚至都没意识到。

"怎么了，朋友？脸怎么拉这么长？"

面对朋友的热情询问，谢拉毫无保留地向他说出实情。

阿周大笑道："说真的，你也就名义上是个男人。你可是堂堂阿周·佩拉万的朋友，区区女人就让你应付不来了？这问题有什么好烦的？如果你厌倦了一个女人，那就再找一个！老天爷啊，你别跟个懦夫似的。你想做什么就做，像个男人一样。勇敢点，我会挺你的！"

他拍了拍谢拉的后背，给了他力量和决心。

哈米德的世界摇摇欲坠，她又要依靠治疗来换取生育的可能了。她得知隔壁村落来了个精神导师，他远近闻名，据说没人从他那里空手而归。

不知怎么的，哈米德找到了他家，导师耐心地聆听了她的心事，还特别为她向真主祷告。他给了她两个护身符，还指导她定期祷告。

她黑暗的心中重新燃起希望之光。她认真遵守导师的指引，一个护身符戴在脖子上，另一个挂在院子里的树上。日子一天天过去，谢拉和母亲全靠眼神交流，在哈米德面前缄口不言。由于塔吉不再来家里，哈米德开始相信她和谢拉分手了。

"赶走她真是太好了！"哈米德无声地向真主致谢祷告，又一次埋头服务于谢拉和母亲。

几周后，母亲去别的村子看望哥哥。她习惯了不时地看望一下兄弟姐妹们。她离开后，谢拉的心情更加凝重了，他沉浸在思考中。

哈米德希望家里的气氛能更好些，她时常想着这件事。一日，身体给了她令人喜悦的信号。这是她长久以来所渴求的。她不敢相信在她体内有一朵花在绽放。她急切地去远房姨妈家寻求确认。详细了解了她的情况后，姨妈恭喜了她。很快，清真寺收到了一又五分卢比。回家的路上，她觉得走路很费劲。她飘飘欲仙，想慢慢地回家。她不想走太快，因为不想伤害腹中幼小的生命。她紧张极了："我能照顾好宝宝吗？那么小那么脆弱的宝宝！我该怎么办啊？"

她陷入沉思，害羞地走回家。苍翠的麦田上落满了不计其数的麻雀，她走近的时候它们叽叽喳喳地恭喜她，接着飞远了。

"淘气的小鸟！"她高兴地嗔怪道。

"快回家！"麦田好像在对她说，它们的金色就像她的眼睛。

"现在谢拉不用去找新的女人了！"清风拂过她耳畔，哈米德快乐地荡漾着。

晚上，谢拉如往常般回家，欣喜地发现一切都不一样了。一切都焕然一新。干净的桌布，整洁的床单，一尘不染的院子。新鲜的玫瑰取代了花瓶里脏兮兮的塑料花，它们吸引了他的注意。母亲不在家，听不见她的唠叨声。但是房子里既不空旷也不荒凉，到处都有哈米德的痕迹。钩针编织的架子套上放着录音机，录音机放着谢拉最爱的旁遮普语歌曲。谢拉茫然地望着哈米德，眼睛无法从她身上挪开。她身上有种奇异的新鲜感。她穿着红色婚服，戴着最近不常戴的金首饰。那些金饰戴在她身上是如此美丽，显得更加值钱了。今夜如往常一样，她坐在矮凳上做饭。院子里满是香料和刚出炉的烙饼的香味。

听见门响了，哈米德没有抬头看谢拉，而是使劲吹火。她似乎毫不在意眼中滚动的泪珠。

"哈米德！"谢拉轻声呼唤。

哈米德转头看他。她浓密的睫毛掀开时，谢拉看见了她闪亮的双眸，那里头盛着一个充满渴望与爱的世界。她的双眸从未像这般呈现梦幻的黑色，她的脸颊从未像这般美如夕阳，她的嘴唇也从未像这般红如玫瑰。谢拉走近，坐在她身旁。感受到他的体温，哈米德一下子红了脸，身体也开始颤抖。

"这些年来，这双可爱的眼睛已经受了太多烟熏。当我们结婚你刚进门时，你的双眼像盛开的玫瑰一样，可现在它们被糟蹋了，你的眼眶永远通红。"

他怜爱地触碰了一下落在哈米德脸颊上的发丝。哈米德忽然泪如泉涌，谁也不知道这泪水来自何处，但它们洗净了一切。"谢拉！"情难自禁，哈米德搂着谢拉的手臂啜泣起来，哭得一抽一抽的。她的身体虚弱地抖动，她想要赶快告诉他这个好消息，他们的世界很快就会完整。创造之花正等待绽放。她想告诉他这一切，却找不到合适的词汇。

"好了！起来吧！你不停下来哭一会儿才是疯了。看看我给你带了什么！但你得先闭上眼睛！"

哈米德惊喜万分。谢拉从门外拿进来什么东西，然后叫她睁开眼。

"这是什么？"那东西外面还用一块布包着，哈米德惊讶极了。

"你带回来什么？"看着谢拉把油炉放在地上，她问。

"从现在开始，你就在这个炉子上做饭了。看！不用柴火，不用牛粪，不用风箱，也没有烟熏你的眼睛。"

"谢谢！但是谢拉你不需要这么做，我从没抱怨过，你不用这么麻烦！"

"一点也不麻烦！为我的哈米德做这种小事怎么能叫麻烦呢？对了，用着并不麻烦，我现在教你。你今天必须用它给我做鸡蛋布丁。我都这么久没吃过了！我今天很想吃！"

谢拉起身从各面听了听油炉的动静。他检查了油箱，油已经加满了。然后他把一根棉烛线放在油里，露了一点儿在外面。一切准备就绪，只等引燃。他心满意足地站起来，伸了个懒腰。

"我去换身衣服，趁着这会儿，你擦亮火柴，像这样把火点起来。"他告诉哈米德怎么做，然后起身。哈米德握着火柴盒。

进屋之前，谢拉确认好通往院子的门锁住了，无法从里面打开。

英文版由阿提亚·沙阿译自乌尔都语

魔力花

帕尔文·马利克

Parveen Malik

萨金娜出生在一个极度贫困的家庭，她的双亲没日没夜地工作，只有睡觉时才歇着。即便如此，一天吃两顿像样的饭对他们来说也是一种奢侈。在农村混口饭吃的人有什么价值呢？这些不幸的人没什么要求，只是哪里有工作就去做罢了，钱是给多少就拿多少，为此还要感谢真主。

　　到了收麦子的季节，小时工们不仅有挣钱的机会，还能捡收割机落下的麦穗。母亲把六个月大的萨金娜包在褓褓里，放在树荫下的吊床上。她还给她喂了点罂粟籽，好让小家伙睡得香甜。一切打点妥当后，她出门下地干活。农场主要么是种了一种早熟的麦子，要么就是太不用心，因为麦秆都裂开了，轻轻一碰麦穗，麦粒就落得到处都是。

　　萨金娜的妈妈拿着镰刀割得很快。割的数量越多收集的麦穗就越多，一想到这她就很开心。她干活干得忘记了时间，本想中午回家的，却一直干到了日头西沉。顶着一大袋麦穗，她跑回家了。时间已经过了好久，萨金娜头顶的树荫早就不见了，她哭得眼睛都肿了。母亲把她抱进怀里，活像抱了块小黑炭。她拿起旁边的陶罐往萨金娜脸上洒了点水，好让她能睁开眼，但是到了夜里，她的嘴巴歪向一边了。母亲捶着胸脯哭喊道："她可是个女孩啊！她这样以后可怎么办啊？"萨金娜的父母去祭扫了这附近所有圣人的陵墓，各色护身符挂满了她的肩膀和脖子。但萨金娜命数已定，命运之手已经写好然后翻篇了。

萨金娜一天天长大，口水从她歪斜的嘴巴里滴下来。她越长越高，母亲的担心也日益增长。一天，萨金娜和几个女孩在街上玩，有个女孩玩游戏一直作弊，萨金娜结结巴巴地告诉她要规矩一点。然而那罪魁祸首双眼狡黠，灵机一动说道："破笛子在说什么？"其他孩子跟着附和，她们在她身边围成圈，跳着唱着："破笛子，破笛子！"萨金娜想要打她们，但是一个都逮不住，哭着回家找妈妈。为了用湿牛粪生火，母亲眼睛已经红了，萨金娜告诉她街上发生了什么之后，她更是出离愤怒。"她们叫你破笛子也没错，你干吗和她们搅和在一起啊？你就不能待在家里吗？"母亲打了她屁股，让她和自己挨着坐。现在，萨金娜每天无事可做，除了招惹山羊就是用麦秆把炉子里的灰扬得到处都是，然后被母亲揍一顿。接下来几天过去了，萨金娜的妈妈看着女儿的行为举止生闷气。然后有一天，她洗干净萨金娜沾满口水的脸，给她梳头，还给她换了一条刚洗好的裙子去见老师。"请您照看这个假小子，或许有一天有人会娶她。不这样的话，她就永远是个傻子。"

就这样萨金娜入学了。很显然，她要找那个叫她破笛子的女孩算账。她用心学习每一门课程，老师提出的所有问题她都急不可耐地举手回答，好像在摇动胜利的锦旗。

一日，老师心情不佳，不停地斥责女孩们。突然，她又看见萨金娜的黑胳膊举起来，她的视线从她的胳膊一直落到她脸上，接着她几乎要吐了。"站起来，萨金娜，坐到后边去。"她严厉地说。现在的萨金娜已经很擅长看人眼色了，她低下头，安静地站起来，坐到女孩子们后面去了。她的手贴在大腿上，像是枯死的树枝般再难回春。

学校旁是块墓地，在土墓和水泥墓之间，长了一片浆果树，能结出甜甜的果子。休息的时候，女学生们会来墓园里玩耍。一日，有个女孩踩到了马利克·纳迪尔·可汗的墓。马利克·可汗家的雇农看到了这一幕，添油加醋地讲给了主家听。马利克给学校老师传信，让她禁止学生进入墓园，否则就让学校倒闭。担惊受怕的老师让校方帮手迈·尼堪想个办法阻止女孩们进入墓园。迈·尼堪来到学校入口，嘴里嘟嘟囔囔的。"我怎么阻止她们啊？这些姑娘都倔得像牛。"她自言自语道。但是必须得做点什么，最后她想出了一个办法。休息的时候她把女孩们召集在一起，给她们讲故事：有一个地方，那里的公主美得像月亮，王子闪耀得像太阳。

女孩们很快厌倦了这些故事，想出了在校园里自娱自乐的新办法。萨金娜却缠上了迈·尼堪，她时常发现自己迷失在她那些异国故事里，一想就是好几个小时。她不明白为什么那些国家的人总是这么快乐，当她想不通时，就去向迈·尼堪寻求答案，这些问题让迈·尼堪的日子很难熬。有一次萨金娜问她："阿姨，人要是有了魔力花，问题就都解决了？那人的脸能改变吗？"迈冷漠地回答说："你这个笨女孩！干吗要管脸呢？两只手安全就足够了。"萨金娜安静了，但在她的内心深处，问题像丝线团一样越织越大。

一个冬夜，墓园里有奇怪的声音传来，像是几千只恶灵在一同呼喊。人们从自家出来，警觉地问："发生了什么？"人们面面相觑，但谁也没有胆量走进墓园看究竟发生了什么。终于，在阿斯拉姆·可汗的百般威胁下，他的两位强壮的仆人壮起胆，走进墓园看看到底发生了什么。他们举着灯笼往前照，接着所有人都看见了那个没戴头巾，头发乱成一团，衣服也破破烂烂的女孩。萨金娜发疯般尖叫，唾液濡湿了衣角。"你怎么了？"阿斯拉姆·可汗严肃地问。她不再尖叫，但是嘴还张着，轻轻的抽泣使她浑身发抖。

"告诉我发生了什么。"阿斯拉姆更加严肃。她颤抖着回答道："他说如果我来墓园的话，他就给我魔力花，可是……"她开始发抖，抖得好像被吸进了风暴中心。空气里充满了尖锐的沉默，直到一个女人将它打破，她说："这禽兽就连她都不肯放过。"另一个女人柔声说道："天这么黑谁看得见脸啊，姐妹。"

在那之后，他们都笑着回家了，因为没人需要魔力花。

英文版由扎法尔·伊克巴尔·米尔扎译自旁遮普语

孤寂之毒

穆萨拉特·卡兰奇维

Musarrat Kalanchvi

朱格努慢慢地靠近玩具熊。那玩具熊的毛发根根竖立，像刺猬一样。它举着爪子站在那里，血盆大口中的舌头一览无余，那嗜血的两只眼睛目光灼灼，似乎可以把这里所有一切都点燃。

　　朱格努自己也感同身受，体内似乎有个炽热的太阳，整个身子血脉偾张，痛苦难当。他赤手空拳，猛扑向前，把那熊打个粉碎。小小的玩具熊又如何能承受住朱格努这满腔怒火。朱格努发泄后便冷静下来了，感觉自己身上像是落下了冰霜，一阵舒爽。

　　但是那熊似乎又一次活了过来，恢复了原来的样子。这一次那熊像是要复仇般追了上来。朱格努步步紧退，紧紧贴在墙上。他经常这样，再跑去找自己的保姆萨金娜，求她抱着保护自己。

　　朱格努的妈妈一大早就去上班了，直到晚上才会回来。保姆萨金娜随后就去下人房那儿喂她自己的女儿了。若是朱格努这时候想要什么，她常常会不管不问或者呵斥他一顿。她和朱格努的房间中间就隔着一堵墙。朱格努抬头看着那墙，墙上有一张袋鼠的画，它育儿袋里还有一只小袋鼠。那小袋鼠坐在育儿袋里，伸着小舌头，举着一只爪子。

朱格努觉得那小袋鼠正对他挤眉弄眼，那姿势就是在嘲笑他。他又变得怒气冲冲，想要爬上墙，去把那画撕掉。但是，他够不着那画，就像他找不到妈妈一样，他们都遥不可及啊。他想借着桌子去够到那幅画，可是他没能站稳，直接摔倒了。

他开始哭，大声地哭。萨金娜从旁边的房间出来了。她把他抱在怀里，给他饼干吃，和他一起玩，但这一切毫无用处，朱格努还是一直哭。他内心深处被狠狠伤了一下，从一开始的抽噎啜泣变成了号啕痛哭。

最后，萨金娜也走了，独留他一个人在那里。朱格努躺在地板上，抬起头时，整张脸上一片濡湿，双颊苍白。泪珠都还没干，在他脸上闪闪发光。

朱格努想要找萨金娜，可是她不在。他走出房间跑到走廊里也看不到萨金娜的影子。突然，他莫名地感到一种恐惧。他吓得要命，他害怕没人要他了，独独剩他一个人。那一刻他有多么孤独！

他知道自己在寻找着什么。朱格努天真无邪，简单纯净。他内心简单，对生活充满向往。尽管他拥有这么多，还是陷入失落的情绪中。整个人如同被施了咒语，被一股悲伤情绪笼罩。

孤独感像锁链一样困住他，朱格努感觉自己要被勒死了，就像有人掐住了他的喉咙一样，他不明白这种感觉由何而来。他不由大叫一声，这一声惊动了周围的一切。他觉得自己滚烫的眼泪和声声叹息仿佛把一切点燃了，屋顶、地板，无一幸免。他苍白的脸色反映出他此时的心境。他转身又回到房间。

朱格努房间角落里有两盆花，水龙头边上有一个水罐，桌子边上还有张椅子。曲棍球杆和球也放在一起。所有一切都看起来那么美好，只有朱格努一人，孤孤单单地站在那里，与这里的一切格格不入。

朱格努不由开始思考：或许那两盆茉莉花，有一盆是妈妈，另外一盆是孩子。还有那水龙头与水罐、桌子与椅子、曲棍球杆与球都是这样，每件物品都有自己的妈妈。为什么自己没有呢？自己的妈妈去哪里了？不对，这里没有妈妈。妈妈们都去工作了。所有的保姆在揍完像自己这样的孩子后也都直接回家了。孩子们又能和谁一起玩呢？谁能像妈妈一样照顾他们？为什么这些东西都在一起，只有自己是一个人？

小朱格努想着这些乱七八糟的事情，一片茫然。他紧握拳头，大叫一声，可惜这叫声消失在空气之中，他只能听到自己的啜泣声和心跳声。

这孤独的感觉让他喘不过气来，就像是有人要憋死他一样。他仿佛置身于一片烟雾之中，乞求着能呼吸一口新鲜空气。

他战战兢兢，惊恐万分，想找个安全的地方躲起来。可是他能去哪里呢？那一刻，他看到了通往屋顶的那架梯子。那梯子两侧都有扶手。在朱格努眼里，那梯子两侧的扶手犹如拥抱自己的双臂。他顺着梯子就爬上了屋顶。

屋顶上的一切看起来都那么令人心旷神怡。朱格努感觉心情开阔起来。凉凉的微风吹起了他的头发，朱格努感到开心快乐，身心一片宁静。那风轻快地拂过他的头发，让他身心舒缓。他想：

这风是不是自己的妈妈呀？但为什么自己看不见呢？朱格努开始喊："妈妈，过来呀！过来，我害怕，我想见你。"

可惜他的呼唤并没有得到这冷风的任何回应。朱格努又一次伤心起来。他的眼睛里又充满了悲伤的迷茫。他望向地面时，突然发现了一个影子。那是他自己的影子，但又比他大。他发现无论自己去哪里，那影子一直在他身旁。

朱格努意识到原来自己不再是独自一人，他的影子一直和他在一起，而且还能看得见。那影子可能正在看着他呢。他想要抓住它，这样影子便不会像自己的妈妈一样溜走去上班。

他上前一步要抓住影子，但手中什么都没有。朱格努又生气了，冲着空中叫道："妈妈，你不来我这儿的话，我就不要你了。"

为了表示自己的不开心，他躲闪着开始往后退。他感觉有人在追他，想要和他交个朋友。

朱格努很开心还有人关心自己。他开始喜欢这个追逐的游戏，时而开心，时而恼怒。不管他去哪里，影子总是随其左右。他开始恶作剧，百般捉弄那影子，但那影子一直都在。

朱格努喜欢这种捉迷藏的游戏。他朝着屋顶的栏杆处走去，那儿有一棵大树，离屋顶很近。那树冠在屋顶的地上投下一处阴凉，朱格努的影子在那处阴凉的地方就消失不见了。

朱格努又害怕起来。他的小心脏怦怦乱跳，他尖叫起来，满怀悲伤。突然，他看到屋顶上有处烟囱。

他又朝那烟囱跑了过去。烟囱那里有个麻雀窝。一只小麻雀正在那啾啾地叫着。朱格努看见那麻雀和自己一样都没长大，很是开心。看到它和自己一样，朱格努不由伤心地叫道："它也是同样地孤独，同样地难过。"

朱格努决定和小麻雀一起玩。他想他们两个会彼此爱护，一起玩耍，一起生活，消磨彼此的寂寞。大家互相照顾，永远待在这里。

他满心欢喜，朝那小麻雀伸出手去，就在这时，有东西咬了他一口。这儿竟然还有条蛇！

朱格努尖叫一声，再也没了声息。

没人会在乎那只小麻雀，不知道那小麻雀是不是也被那毒蛇咬了一口。

英文版由拉赫桑达·阿希克译自西莱基语

迷网绵络

马赫塔卜·马赫布卜

Mahtab Mehboob

"哈蒂嘉！你睡那儿，走廊地板上。"房主塞恩老夫人说道。这哈蒂嘉是她新收的女仆，听了主人吩咐后，毫无异议地拿了一床皱皱巴巴的满是污渍的旧被褥，铺在走廊地板上，不一会儿便睡着了。

　　老夫人看着这可怜的姑娘，满心悲伤地想着："这孩子也是别人家的女儿。这地板多硬啊！她看起来睡得多不安稳啊！"她对这个姑娘不由一阵同情，再看看自己的女儿，正在那温暖舒适的床上睡得香呢。

　　以往她在村里时，和自己亲人一起住在大宅子里，从来就不在意那些睡在地板上的女仆。她从未想过这事。睡在地板上很正常啊。但如今到了城里，与亲人分隔两地，她觉得自己的思维方式出现了某种变化。这一点很是新奇。至于为何会有这种新奇的想法，她也无从知晓。她把自己弄糊涂了！

　　"我要不要把她叫醒，让她睡在折叠床上？这儿那么多折叠床呢。若是我心爱的梅哈尔躺在这地板上睡，我该有多心痛啊！"她有种冲动，想让哈蒂嘉起来去睡折叠床。

那可怜的姑娘睡得很熟，粗笨的厚嘴张着，口水顺着嘴角流到了黑乎乎的枕头上，那枕头因为污渍都看不出原来的颜色。

老夫人见状心中一紧，又想了想："哎呀，我想干什么呀，这些人哪知道什么是折叠床啊……这样也好，就让她睡在地板上吧。他们世代为仆，效忠于我们。我们是贵族，他们一直吻着我们的双足，在我们跟前弯腰屈膝。我为什么要平等地对待他们？我不能坏了传统规矩。就让她睡在那儿吧。一直睡在那儿……"

她瞥了哈蒂嘉一眼，满心厌恶地回到了自己那最新款的松软海绵床上。她打算睡觉，可是怎么也睡不着，心中思绪万千。今天一早，哈蒂嘉的父亲就把她从村子里送来了，让她在这里帮忙做点家务活。

老夫人想到，今天这姑娘一来就坐在了自己白色的纳瓦尔榻上。真是放肆无礼！当时她就朝哈蒂嘉疾言厉色喝道："听着！在我面前，你没有资格坐在榻上。"那姑娘吓得直哆嗦，直接坐到了地上。

她仍然记得这姑娘初见她时还伸出手来想要和她握手……她当时就反问了那姑娘："这就是你妈妈教你在赛义德[1]圣裔跟前的规矩礼节吗？"那姑娘吓了一跳，开始手足无措，面色苍白。

见这姑娘如此反应，她便喝令道："以后，你进门之时，要

---

1 伊斯兰世界对穆罕默德女儿法蒂玛的两个儿子哈桑和侯塞因的后裔的敬称，原意为"首领""先生"，转义为"圣裔"，常冠在姓之前，意为"圣门后裔"。这一特殊阶层在一定家族范围内联姻，很少与"外人"通婚。——译者注

对夫人行摸脚礼。你不是小孩子了。看起来你对贵族生活一无所知，你妈妈也没有教你。"

一想到"夫人"这个词，她便想起家里的女仆今早的所作所为。真是一团糟啊！那个扫地的女人大声问自己她的"小姐"在不在房间里。

"什么小姐？你在问谁？"

"萨哈巴夫人，我在找我自己的女儿，哈卡姆小姐。"

"苍天有眼！不怕雷劈么，你胡说八道什么呢？你们如今也是夫人、小姐了？你们什么时候也成贵族了？什么时候啊？"

"我不明白您在说什么，夫人。"那扫地的仆人态度十分不屑，一边用笤帚挠着她那黝黑的腿，一边讽刺地问道，"什么贵族？谁的女儿？"

"滚开！你女儿从早上就没来过这儿。倒是你现在装作赛义德圣裔在烦我。"

这些家仆对自己的女儿可真是上心啊，一时看不见就要抓狂。这些人对我们来说并不重要，但毕竟，她们也得维护自身的名声。

老夫人的思绪又转到自己女儿身上来。"还没有人来求婚。赛义德里一个人都没有。除了赛义德圣裔家族，倒也有些不错的适龄青年，但他们都是非赛义德穆斯林。难道我要把一个赛义德小姐嫁给一个非赛义德……"

想到这里，她不由得全身发冷，脊背上冒出一阵寒意……她开始担心起来。她害怕自己的女儿会和某些赛义德姑娘一样，找个非赛义德平民结婚，让整个家族蒙羞。

她又想起自己的亲堂妹，自己亲叔叔家的女儿。叔叔是贵族达丹·沙阿，他的妻子也是赛义德圣裔。可这位堂妹既没有与贵族结婚，也没有嫁给平民，却生了一个皮肤黝黑、嘴唇厚实的儿子，他们老家的仆人迪拉瓦尔对他万般疼爱。每个人对此都视而不见，把那个黑皮肤的孩子叫作巴万·沙阿，他为达丹·沙阿披麻戴孝，承袭了他的衣钵，成了他们的精神导师和家族之主。

"为什么？这是为了什么？"她问她自己，"也许这比公证结婚嫁给平民要好得多——不用担心身后之事或是流言蜚语。这些所谓的虔诚之人呢？各个在犄角旮旯都有私生子，他们并不以此为耻。成百上千的贵族后裔散落各地。这一切意味着什么？"

她思绪不停，一直想着："这一切或许意味着根本就不存在血缘或者血亲之事。这说法完完全全是场骗局。真相是心之所向。如果一个平民出生在贵族之家，那他就是一个贵族。那有什么好害怕的呢？"

她嘴角扯出一丝笑意来。

"若一切顺利，则无所谓罪恶可言。牛奶滴在米饭上，米饭也没什么变化。若他们可以像贵族般生活在贵族的房子里，那夫人、小姐为什么就不能像女仆一样生活呢？但是我不会让任何人动我的女儿一根手指。那些不怀好意的人，我会敲碎他们的骨头，戳瞎他们的眼睛。但她的父亲不关心她，甚至不在乎……"

她又想到了自己的丈夫。

"今天他又回来晚了。他肯定在外面玩得很开心。我也从不反对。过于关注自己的男人不是明智之举。他的伟大之处就在于此，即便他在外面有一百个情妇，她们也没法取代我的位置。我会一直这样高高在上。我坐拥家财万贯，还需要什么？真希望每个女人都能有此幸运。真希望老天善待我的女儿，让她也能像我这样！"

现在她的思绪又落回女儿身上。

"末日将近啊。处处都是警示。赛义德小姐嫁给了非赛义德人。非赛义德人比赛义德人低人一等吗？但是所有穆斯林都相信我们亲爱的先知纳比，真主的使者。审判日时，我会与非赛义德穆斯林一起站起来吗？如果我们亲爱的先知纳比可以把他的阿姨嫁给一个奴隶，我为什么会有不同的想法？我会把女儿嫁出家族去。我将弥合赛义德人和非赛义德人的差异。那时，每个人都是贵族，任何人都是贵族。在沙特阿拉伯，甚至店主也被称为赛义德，变化可真大啊！

"但我们不一样。我们是圣裔。数代的传承如此。真主赐予我们的，我们必须留存下去。别人不喜欢也无所谓。他们在我们面前鞠躬屈膝，行吻脚礼……又如何？这是有几百年历史的古老习俗。若是找不到一个贵族青年或者赛义德青年，那我女儿就单身。我不会让祖先蒙羞，脸上无光。"就这样，老妇人脑子里迷网绵络、云雾缭绕，她慢慢进入梦乡，沉沉地睡了过去。

本文初稿为信德语，英文版由吉拉尼·卡姆兰译自乌尔都语

迪尔莎达

扎伊图恩·巴诺

Zaitoon Bano

迪尔莎达看起来并非疯疯癫癫的，但只要有人问她："迪尔莎达！你儿子呢？"她都会回答："我把他卖啦，夫人！"

"卖了多少钱呀？"

"卖了一个安那，夫人！"

问话的人要么觉得她疯了，要么就觉得对于她而言，一个安那的价值更高。我们生活中，一个安那价值多少呢？

迪尔莎达偶尔会来我们街区，但她从来都不是一个人。总会有一群孩子跟着她，那些孩子有的鼓掌，有的朝她扔石子，有的拽她的衣服，剩下的就开始大喊大叫。

"迪尔莎达！你儿子呢？"

"我把他卖啦，可汗大人！"

"卖了多少钱呀？"

"卖了一个安那，可汗大人！"

孩子们便哄堂大笑。他们知道迪尔莎达为了一个安那就把儿子卖了，但他们还是一遍又一遍地问她同样的问题。

说她疯了的另外一点就是迪尔莎达只穿一件衬衫，她全身上下只有一件到脚踝的长衬衫。她每天就在商店门前的长椅上过夜，白日里就挨家挨户地晃荡。有人给她条面包，她会吃一整天，晚上又会去那长椅上过夜。

偶然一次，她跟我诉苦道："夫人！大家都不让我进门，他们说不能让疯子待在自己家里。我在长椅上睡时，有些浑蛋就整晚来骚扰我。为了保护自己不被人侵犯，我得整夜都保持警惕。"

听到这么可怜兮兮的一番话，人人都会伤心落泪。但是迪尔莎达笑了。她会跟每个人都这么抱怨一番。有些人会为她感到伤心难过，但还有些人会看着她那笑容一脸轻蔑，冷嘲热讽地断定："她不是个正经女人。看看，她竟然还笑！"

但是谁又能知道她这笑脸背后的辛酸与痛苦呢。他们不知道她为什么笑，她心头有多少未能实现的愿望与绝望，那些无法实现的愿望又是什么。这所有一切都藏在那无力的笑容之后。

尽管有两点可以证明迪尔莎达疯了，但我仍然心存疑虑。若她真的疯了，她的疯狂之举却不太自然，这一点我非常肯定。

曾有几次我让她在我家里过夜，来躲避那些骚扰她的浑蛋，但我母亲不同意："你和一个疯子交往，你是不是也疯啦！天啊，你被疯病传染了吧！"

我会坚持劝服我母亲："妈妈，她没疯。她有什么疯疯癫癫的举动？"

母亲立刻反驳道："疯子还能让你看出些苗头来？若不是疯了，她能因为一个安那把儿子卖了？她都没穿裤子！别听疯子的疯言疯语。他们有时候是正常的，但有时候就精神错乱了。"我只能闭口不言了。

这种探究是有成效的。我很想知道大家为什么觉得迪尔莎达疯了。她是怎么疯的？最终我找到了答案。

有一天，她来到我们家。在我再三坚持之下，她愿意讲讲自己的事。她莫名其妙地看了我一眼，开始说她自己的故事，颠三倒四，杂乱无章，真的和疯子一般无二。

"对于普什图人[1]来说，儿子和信仰一样重要。我为什么会为了一个安那卖掉儿子？但是，我把我儿子卖了，我的卡马尔·古尔，卖了一个安那。这是真的……"

迪尔莎达的脸上露出一种荒唐可笑的表情，她继续说道："我是蒂拉赫人。我父亲以一千五百卢比的价格把我卖给我丈夫。我们夫妻生活也算是安宁。我有三个小叔子，都不是我丈夫的亲兄弟。我公公死后，我丈夫便成了一家之主。他那同父异母的兄弟对此无法认同。他们兄弟三人，而我丈夫只是独身一人。有一天我听说他被人杀了。他被人枪杀了。谁杀了他？不知道。他那三个兄弟把普什图人的信念全都抛到脑后，根本就懒得追究凶手。

"后来我生下了我们的儿子。从此我的担忧与痛苦更多了。家中的大哥强逼着我再婚了。以后的日子里我除了挨打受虐还是挨打受虐。家里所有的杂活都是我的。我的妯娌整日里无所事事，而我……"

她满眼慌乱，几乎喘不过气来，但还是接着讲自己的故事。

1　西亚和南亚民族之一。主要分布在阿富汗东部和巴基斯坦西部。亦称"帕坦人"。——译者注

"我像奴隶般活着。但是为了我的儿子卡马尔·古尔，我得忍着。为了我的卡马尔·古尔。他是我丈夫留给我的唯一念想。卡马尔·古尔一岁半的时候，那三兄弟之间因为分家闹翻了。村长的意思是三兄弟平分，但老大声称卡马尔·古尔的那一份也归他所有。每个人都知道卡马尔·古尔的妈妈在那个家里的遭遇。"

迪尔莎达说这些话时，好像她说的是别人的事情一样。她看了我一眼继续道："这三兄弟虽然在老者跟前什么也没说，但是心里觉得卡马尔·古尔就是他们的眼中钉、肉中刺。有一天，最小的那个小叔子想把那刺给拔了。他想把孩子掐死。但卡马尔·古尔尖叫着，我及时赶了过去把他从死神手里抢了出来。那时我便知道我不能在那个家里待下去了，我和我儿子都有生命危险……"

迪尔莎达停了下来，似乎是在回忆那可怕的一夜。

"我那晚趁着夜色偷偷从房子里溜了出来，来到了白沙瓦。在白沙瓦，我不得不依靠救济生活。我也试着找份工作，但都徒劳无功。一天，我偶然看见了卡马尔·古尔的继父，他正不耐烦地四处寻找我们。上天有眼，我转了个弯躲开了。我知道他们还在寻找我们。我和卡马尔·古尔母子二人都不安全。

"有一天，我饿得头昏脑涨几欲晕倒之时，到一户人家门前讨要点面包。那是一栋豪华的房子，但是没有孩子。正值早上，饭都还没有做好。我讨要一个安那以便在市场上买点东西。那房子的女主人开玩笑说如果我把儿子给她，她就给我一个安那。我毫不犹豫地就把儿子留下了。在那儿他可以吃饱，还很安全，我也可以时不时去那里，看他活得好好的。到了第三天，我实在忍不住，想去那儿看看我儿子。结果别人告诉我，那家人搬到卡拉奇[1]去了，也带走了卡马尔·古尔。"

迪尔莎达啜泣着，她的眼里全是泪水，说话结结巴巴。我看到的不是她扭曲变形的脸，而是一个母亲的全世界被颠覆。她费了好大力气才镇定下来，把自己脖子上戴的一个护身符递给了我。"这是什么呀？"我问道。

"你看看里面。"她说。

我打开那个护身符，发现那里面不是张符咒，而是一个安那，还是一枚假币。我看了看那枚假币，又看了看可怜的迪尔莎达，竟无言以对。或许迪尔莎达还不知道那是枚假币，她把自己的儿子卖了，换来一枚假币。她四处张望，满脸困惑，那神情就像是心脏要爆炸，血液要从眼睛里喷涌而出。我从未见过她这种状态，她正竭力控制着自己的心神。她再一次冷静下来对我说："夫人！我很后悔没有告诉那位夫人孩子的名字叫卡马尔·古尔。他们问他，他也不会说，我离开他时他还只是个婴儿呢。"

她说着这些话，泪如泉涌。她站起来，离开了这里。

从那以后，我再也没有见到迪尔莎达。不知道她是去了卡拉奇还是其他地方。但每当我想起她的眼泪，我便觉得卡拉奇处处游荡着像迪尔莎达这样的女人，饥寒交迫，衣不蔽体，还会被一些浑蛋时时骚扰。

英文版由谢尔·扎曼·泰兹译自普什图语

1　巴基斯坦第一大城市，位于巴基斯坦南部海岸、印度河三角洲西缘。——译者注

蓝色妖姬

雅斯敏·马里

Yasmin Marri

这是我的房子，我的房间。这也算不上房间，更像枯井，大功率的灯泡也没办法把这里全都照亮。光影交错间，房间的暗处如同深沉的夜色般漆黑。周边一片寂静。但你若是瞥一眼窗外，就会看到不远处的废墟堆，一直往外延伸。断垣残壁之间，蝙蝠尖叫，乌鸦聒噪，孤魂野鬼流连其间，嘲笑着我们这群胆小鬼。

　　我喜欢这个房子，这种宁静令人痴迷沉醉，但也只是宁静而已。宁静不是独属于我的，我也无法左右它。任何人拥有这份宁静之时，鸟语花香将会消失，人的身体变得麻木，活着的人不会再回头看一眼。有时候我有一种转瞬即逝的幻想，觉得自己正站在站台上，几秒钟或几个小时后便会有火车进站。生活的喧嚣在这短暂的时刻达到了顶峰。赶火车的人们匆匆忙忙，仿佛这是生命的意义。而那些急匆匆下车的人焦急地呼唤搬运工，仿佛每个人都变成了运货的骆驼与快车。不一会儿，站台上就又安静下来，人们犹如身处一间带窗的小茅草房，在滴水成冰的寒夜即便冻得发抖也不敢尖叫出声，仿佛尖叫声也要缴税。

这种静默充斥着整个房间，四周鸦雀无声，但它又从何处而来？一阵脚步声在耳边响起，古拉布小姐来到了我跟前。她看起来非常伤心，很安静，我也无话可说。然而奇怪的是，房间里不再寂静无声，我和古拉布小姐就像是站在十字路口聊天。

她从自己钱包里拿出了一张折好的纸条递给我。这是拉菲克写给她的信。在过去两三年里，拉菲克一直在给古拉布小姐写信。很显然，我对拉菲克和古拉布小姐之间的关系并不感兴趣，但我不想表现出来，我还是非常仔细、饶有兴趣地读了读拉菲克写给她的信。拉菲克的信过去总是花言巧语，热情洋溢。

古拉布小姐是我儿子拉朱的老师。有一天，我看了看古拉布的掌纹说道："古拉布小姐，你会嫁给拉菲克。"

有那么一会儿，她的脸涨得通红。

"这怎么可能！"她的脸上一片绝望。

她的眼里充满泪水，但这不足以表达她内心的愤怒与痛苦。从她那双眼睛到整张脸上乌云密布，那种情绪直接如暴洪般从脑子冲到心灵，在心灵深处持续地沸腾咆哮着。古拉布小姐的心里一片汪洋，那些许眼泪又算得了什么？

"我不可能嫁给拉菲克。我父母已经给我找好了未婚夫……"古拉布小姐话未说完便停了下来。她泪流满面。泪水，面容，她手心的掌纹……我吓了一跳。古拉布小姐的脸在我眼前开始变得冷酷无情，变得像石头一样，一条条蛛网般的纹路显现了出来，这些不计其数的纹路预示着她的人生、命运、财富、感情、意识、婚姻等各个方面。

拉菲克并不在这些纹路之中，她感情里没有，她意识中没有，她的人生命运之中也压根儿就没有这个人。就像然吉一样。一想到然吉，就如同一块沉重的石头掉进井里，周围更显得寂静了。在活着的人之中，我看不到站在我身后的然吉，也看不到站在我前面的拉朱和他的父亲。我仿佛步入了一个大家彼此无法用语言交流的地方，他们听不懂我在说什么，我也听不懂他们的语言。这么一座城该有多么引人入胜，该有多么平和！

不一会儿，这座城便消逝在空中，拉朱正在痛哭流涕，此处的宁静也被打破了。

古拉布小姐好几个月没来我家了。尽管这事本身并不重要，但是非比寻常。就像拉朱的父亲和拉朱已经是我生命和生活的一部分，我习惯了古拉布小姐在自己身边，经常见到她、听她说说话也成了我的习惯。问了一番后，我才知道她很久都没去上课了，请了长假。

有一天早上，古拉布小姐意外来访。她把面纱摘了下来，放在椅子上，就在我面前的地板上坐了下来。她染了大红指甲，手上还戴着一枚闪闪发光的金戒指。

"我要结婚了。"她伤心地告诉我。

"这是好事，但你……你不开心吗？"

"我不是嫁给拉菲克。"她的眼睛空洞无神。

我们两人之间一阵默默无语。

"我忘不了他。我母亲应该听听我的。他们对我像对牲畜般……"古拉布小姐不由自主地啜泣起来。她一直在哭，我坐在那里像座雕像般一动不动。我不知道如何去安慰她。

"我觉得忘掉拉菲克不难。当拉朱和其他像他一样的人进入你生命之中后，你会完全忘掉他的。"

古拉布小姐盯着我，似乎在想我为什么会如此肯定。

"你生命里也曾出现过像拉菲克这样的人吗？"她突然这么问我，令人意想不到的突然。

"是啊。"

"你已经忘了他吗？"古拉布小姐轻轻地问道，"或许你可以做得到，但是……但是我不会忘记。"她无比绝望地说道。

"古拉布小姐，几年之后，你会忘记当初与拉菲克相遇的那个地方。"我看着窗外那些断垣残壁说道，那里有些墙已经倒了，还有一些墙仍然耸立着。

"但是如果……如果我后来又到了那老地方，结果会怎么样？"她幽幽地问道。

我无法回答。但是就在那时，我眼前出现了一朵蓝色妖姬。那蓝色玫瑰花啊，全身都是毒。那一刻，我在古拉布小姐的脸上看到了这朵花，但紧接着我便打消了这愚不可及的想法。蓝色妖姬，一百年才开一次，没有人知道它在地球的哪个角落，什么时候盛开，也没人知道为什么美丽的花朵含有剧毒。我倒是想见一见蓝色妖姬。古拉布小姐哭着离开了，而我也陷入日日的期望之中。

有一天，我在一个宴会上偶然遇见了然吉。他就在我跟前与我说话。他的妻子站在他的旁边。生命绕了一圈后竟又回到了我早已忘记的那个地方。我的大脑一片空白，彻底被寂静淹没。我看着镜子里的自己，全身颤抖，感到脸上的血管变得青紫，四处扩散开来。毒素吞噬了我的脸,我的身体,我整个人。这个世纪的蓝色妖姬竟出现在我自己身上。多么令人痛苦!我朝着然吉看去。他闭着眼睛坐在角落里的一张椅子上。他脸上的表情多么痛苦!又是一朵蓝色妖姬!然吉的脸上也有!我全身都在哆嗦。

古拉布小姐、拉菲克、然吉、我自己,到底还有多少朵蓝色妖姬……我以前在某本书里读过,蓝色妖姬一百年才盛开一朵……如今……事实并非如此啊。如今每个城市、每个社区、世界每个角落,每时每刻都有蓝色妖姬绽放。事实上,生命本身就是朵蓝色妖姬,盛放便是枯萎,存在就是毁灭;或许活着的意义便是死亡,这便是生命的奖赏。

英文版由萨米娜·拉赫曼译自俾路支语

魔咒与变幻之月

鲁克萨纳·艾哈迈德

Rukhsana Ahmed

七月的一个下午，天气炎热难耐，令人喘不过气来。尘土飞扬的路边，尼莎一边走一边四处环顾，忐忑不安。她现在在拉合尔[1]的某个地方，这地方她并不熟悉，但这里应该就是她邻居阿帕·扎里娜所描述的地方，所有地标都符合。她拽了拽身上的罩袍，好像害怕别人能透过那薄薄的乔其纱和黑色的丝质褶皱看出她小巧紧致的身材。这罩袍是她朋友西玛的，西玛尚未结婚，这是尼莎特意为今天这事借来穿的。明明知道这种事不被允许，她还是出来了，这是她人生中第一次这么胆大妄为。因为内疚和恐惧，尼莎整个人都有些哆嗦。她离那房子越来越近，呼吸和心跳也越来越快了。

　　正如扎里娜所说，那房子就在临时安置点的尽头。那座小房

　　1　巴基斯坦第二大城市，巴基斯坦文化和艺术中心，是座有着上千年历史的古城，曾是伽色尼王朝都城，有"巴基斯坦灵魂"之称。——译者注

198

子，是这里为数不多的砖砌房屋之一。它门外就是个摩托车修理棚，有人提醒过她要小心这种地方。那棚里有两个男人，他们正坐在那里修车。那些摩托车看起来锈迹斑斑、破破烂烂的，都没法修理了。每次有女性进出塔拉家的绿色大门时，他们百忙之中也会抬起头来看一看。

大多数女性都用披肩或围巾遮住了脸，还有一些人像尼莎一样穿上了罩袍。但偶尔，那些男人也能瞥见年轻水嫩的女性面孔。不管怎么样，他们不会因为这些遮挡之物气馁。如果能从一个人的外在轮廓或步态判断出她是个年轻的女人，他们就会大声叫闹着些不堪入耳的话或者哼哼唱唱出某个电影歌曲的片段来吸引人注意。

遇到这种情况，女性要回避，要无视。多年以来，她们一直都接受着这种训练，所以她们都是匆匆走过那摩托车修理棚，只不过稍微加快些脚步而已。尼莎对此也颇有经验，她加快了脚步，想快点走到那房子里。对她来说，那是一间邪恶的房子。她一直都很害怕自己会迈出那最后一步。

她站在光秃秃的院子里看了一会儿。院子的角落里有一个外部水龙头，通常用来洗手，嵌在一处凹进去的方形水泥槽中。整个院子里挂满了晾晒的衣物，午后灿烂的阳光会迅速将其晒干。她稍稍犹豫了一下，然后就走进了院子那头的小房间。

房间里光线昏暗，她的眼睛猛然之间还未适应过来，什么也看不见。门边有很多鞋子，她被绊了一下，扶着门框才堪堪站稳。尼莎把自己的鞋也脱了下来，直接就坐在了门口。当她的眼睛终于适应了这房间的昏暗，看着眼前一切，她不由倒抽了一口冷气。

塔拉坐在一个低矮的舞台上，身上围绕着两条巨大的黑色蟒蛇。她长得非常漂亮，打扮得也非常时尚。她黑色的大眼睛在暗色的眼影衬托下炯炯有神，精致的小嘴上口红鲜艳，精心修剪过的双手指甲也是大红色，与口红同色，极为相配。她那漂亮的黑色短上衣，清晰地勾勒出她匀称的胸部和纤细的腰身。她闭着眼睛，喃喃自语着，整个身子左右摇摆，颇有节奏。周围的女人都盯着她，像是被催眠了一样。

尼莎迅速扫了一眼整个房间。阳光被挡在屋外。在昏暗的灯光下，她看得出这房间里挂着几幅画，工艺粗糙，上面画着她以前从未见过的神圣的面孔。她记得自己曾听说过在遥远的异国他乡，人们习惯于为圣人画像。她知道这种做法肯定是亵渎神灵的，于是急忙摸了摸耳朵，这是请求神灵宽恕之举。"恕罪，恕罪。"她请求着。这房间的一个角落里，几根香熏蜡烛正燃着，这些蜡烛燃起白色的烟雾，散发出一股甜腻的香味。壁炉架上放着一张塔拉和她精神导师的照片，那导师看起来非常年轻健康，他微笑着看着她，把手放在她的头上为她祝福。

队伍移动得很慢。人一个一个地离开，因为每个人都设法与塔拉单独见面。大家问的都是各种各样常见的问题：婆媳关系，如何治愈不治之症，怎样才有更好的未来。不管是什么问题，塔拉都给了她们原本没有的希望。

除了尼莎，这些人之中似乎没有人是独自前来的。尼莎再一次哆嗦起来。很快就轮到她和塔拉交流了。她现在也不知道自己要说什么，或者自己会求什么。她左臂用力夹着自己那廉价的塑料手提包，右手拿着一个棕色纸袋，纸袋里面是她按照扎里娜的指示在路上买的四个鸡蛋。她手上都是汗，纸袋的底部都有了一块潮湿的黑色痕迹。她内心忐忑不安，怕那纸袋破掉。

房间里的人越来越少，尼莎发现自己慢慢地靠近了高台。不到半个小时，她就与塔拉面对面了。尼莎抬头看了看那双黑色、温暖又清澈的眼睛。塔拉年轻的外表使她感到不安，尼莎一时觉得自己犯了一个大错。塔拉的眼睛微笑着，仿佛已经看懂了她的心事。

"我要怎么帮助你，孩子？"她问道，似乎对这种迟来的怀疑态度感到有些好笑。塔拉的姿态和对她的称呼为自己争取了一个至高无上的地位，这种地位通常是年龄造就的。这种姿态在一个也许只有十九岁或二十岁的人身上看起来怪怪的，不合时宜。

但是，尼莎被塔拉声音中鼓舞人心的同情和爱意征服，她觉得自己的耳朵都要从喉咙里钻出来了。她只能说："是我的丈夫……"然后她就开始抽泣，后来才意识到别人都在好奇地盯着她看。这种绝望的情绪总是有好处的，因为它给其他客户留下了深刻印象。塔拉轻轻柔柔地安慰着她。

"嘘，我的孩子，你要有信心，我能帮助你。"她的声音令人安心。她看着尼莎手中的袋子，低声地问道："你想让我给你施个法术？"尼莎只能点点头。塔拉迅速开始着手施法。她把尼莎的鸡蛋拿过来，把它们整齐地摆在一张小木凳上面。尼莎顾不上继续哭了，认真地看着。塔拉在凳子旁边放了一个碗，手指灵活地动着，把蛇放了下来。她把两条蛇都拽到鸡蛋那里，闭上眼睛，前后摇晃，仿佛处于一种灵魂出窍的恍惚状态。

那两条蛇立在尼莎身边几秒钟，尼莎的身体因恐惧而紧绷起来。蛇嗅了嗅鸡蛋，然后抬起头来，似乎极度蔑视这几个蛋。每个人都在看，整个房间寂静无声。塔拉从恍惚中清醒了过来，她的助手帮帮她把蛇抓起来放在两个彩色的大柳条篮子里，那助手是一个三十五岁左右的朴实的女人。

那蛇咝咝叫着扭着，似乎是在抗议，但很快就被放到一边了。当助手用块黑布盖住篮子的时候，塔拉开始把鸡蛋一个一个地打进泥碗里。尼莎想看看塔拉，但又觉得不得不看那两条蛇。

突然，她听到塔拉低声咒骂的声音，她害怕地低下头去看那碗。打破的鸡蛋液上面漂着指甲、血块，还有一些奇怪的、有毒的、丑陋的、绿色的东西。

"啊，我的孩子！"塔拉惊叫道。她双手合十，闭着眼睛，似乎在向神灵寻求帮助。尼莎颤抖着，惶然又畏惧地用双手捂住了脸。

"我看得出来，你深陷困境。"塔拉关切地摇着头，"你需要法术帮助。你可以改变你的男人，你知道的。有一种方法……"

她的音调已经变了。尼莎现在抖得更厉害了，肉眼可见。塔拉回过神来，朝尼莎靠过来。在其他女人的注视下，她在尼莎耳边悄悄说了几句话。尼莎早就用面纱的下半部分遮住了整张脸，但是好奇的人们还是从她那焦灼的棕色眼睛里看出了惊恐。她瞪大眼睛盯着塔拉，消化着那悄悄话。

她吓坏了，呆若木鸡。她把手放在手提包的扣环处，看着塔拉的助手，支支吾吾道："多少……多少钱？我该怎么……"

那女人瞥了塔拉一眼，滔滔不绝道："哦，夫人，其实没有什么费用。但是我们得给蛇敬献点贡品。施法是十个卢比。"她紧接着说道，"你要知道，塔拉小姐需要冥想闭关多次才能得到这些力量。这是非常辛苦的。夫人，你知道的，你需要给蛇准备贡品。一共是二十五卢比。"

她一边说着一边仔细观察着尼莎的反应，尼莎眼中不断变化的表情会引导着她调整账单金额。尼莎的手上都是汗，她笨手笨脚地把几张油腻腻的钞票塞到那热切的助手手中，急忙跌跌撞撞地跑了出来。

她一出门，便在铺好的院子里被滚烫的石头绊了一跤，出那绿色大门时还被门槛绊了一下。那修理铺里的两个男人抬起头来，又是一阵嘲笑，但尼莎看不见也听不到。她脑子里全是那些奇怪的悄悄话。她看到正好有辆公共汽车驶了过来，便朝它跑了过去，心中庆幸自己不必冒着酷暑在这间邪恶房子附近等车，不由松了口气。

她人生二十六年以来，从未像今天这样过得惊心动魄。几年前，学校里的一个女孩在她父亲的行李箱里发现了一些色情照片，她看到了很是震惊。还有一次，她在半夜醒来，因为家人都在屋顶上睡，她突然意识到，邻居家正在"做爱"。她红着脸躺在枕头上，捂住耳朵，挡住声音。她的脑海中闪现出查奇·努戈的巨大乳房，想到查奇在她身上的情景，即使在十年后的今天回忆起来，她也感到很尴尬。但这些都没有像今日所见所闻这般令她担惊受怕。

"即便只是想想也是不得体的。"她自我谴责了一番。她的思绪再次回到了现在，想要弄明白刚才塔拉告诉她的悄悄话。

塔拉当时说："女人是强大的。如果你想让你的男人完全顺从你，你只需要让他喝一滴你的血。"尼莎盯着塔拉，隐隐约约感到不安时，塔拉解释了她的意思，"经血魔力无边。一个男人永远无法摆脱这个魔咒。他将会成为你的奴隶，随你所愿。"

尼莎想起这些话，感到既恐惧又恶心，身体再次颤抖起来。只是想想这些话，对她来说都是那么肮脏不堪，那么龌龊污秽。她敢肯定这些东西都来自魔鬼之手。"即便是对哈米德，我也不能做这种可怕的事。"她期待地想了几秒钟，如果哈米德确实变成了她的奴隶，会是什么感觉。她下决心要摆脱这种想法。

尼莎想："妈妈是对的，永远不要去那种地方，真的很邪恶……这一点毋庸置疑。"

她真的很后悔去见塔拉。如果不是因为扎里娜，她绝不会这么做。"如今没人会真信这些东西了。"她想，"不过扎里娜的母亲现在看起来确实好多了。"这也是她动了心思要来这一趟的原因。

尼莎坐着公交车，整整一路都在想这个问题。快到晡礼[1]的时间了，她在小市场附近下了车，绕过商店走到商店后面一排简陋的小房子前，发现影子都变长了一倍。想到孩子们还由扎里娜照看着，她走得更快了。

扎里娜问了一大堆问题，但尼莎不能告诉她塔拉所说的话。她只是避而不谈，然后带着孩子们匆匆离开，说她还得做晚餐。

她先喂饱了大一点的孩子们，然后坐下来给两个男孩中最小的扎法尔喂奶。她脑子里还想着今天下午的事。她现在被奇怪的压

1　凡智力健全、身体健康、已成年的穆斯林，必须履行拜功。五日拜为：晨礼，晌礼，晡礼，昏礼，宵礼。晡礼从太阳偏西45度开始，到日落为止。——译者注

抑和内疚感包围。扎里娜是出于好意。事实上，邻居都知道她在婚姻中遇到了问题，这件事也让尼莎感到羞愧。

她的母亲一直强调女人要端庄，要矜持。她常说："一个好女人要懂得家丑不可外扬。告诉不相干的人你这个月最后四天没有钱花了，到底有什么用？如果可能的话，你要在没有任何人知道的情况下生活下去。"

尼莎觉得，在这方面，她确实不是一个真正的好妻子。她的左邻右舍都知道她的秘密，她自己的家人却不知道。她为此感到骄傲。每次有人从她的家乡锡亚尔科特[1]来看望她，她都能很好地维持表面形象。但她没法在邻居们面前隐瞒真相。

每天晚上，哈米德都是醉醺醺地回家，令人厌恶，她下定决心离他远点，从不主动惹事，但十天有五天她都失败了。他好像是必须要把她找出来，仿佛这就是他等了一整天的事。她有时希望他能早点回家，这样争吵的声音就不会那么惹人注意了。十一点的时候，整个街区都安静下来了，他对她的每一次辱骂，隔着三道门都能听见。有时还会有摔盘子的声音，如果孩子们碰巧醒过来，还有他们的号哭声。有那么几次，她还控制不住自己，因为害怕，歇斯底里地尖叫起来。

总之，她意识到，自从邻居们知道她的家事之后，她的生活好过多了。有时，当他们俩吵得非常厉害时，扎里娜会大声问她是否安好。这让哈米德感到羞愧。即使他真的喝醉了，这也能让他

1　巴基斯坦东北部城市，在艾克纳拉河之北，古杰兰瓦拉的东北部。——译者注

停下来，躺在床上埋怨那些爱管闲事的邻居们。

哈米德发完火、骂完人之后，对她往往还有一番侮辱，霸道恶毒地宣示他身为丈夫的权利；尼莎从来不敢拒绝他，她相信自己不敢也不应该拒绝他。她从来没有反抗过他，但对他的粗暴和急躁感到厌恶。她讨厌他嘴里那股廉价的自酿啤酒的臭味。对酗酒这件事，她们母女倒是同样的态度，都是谴责。她还挺怀念刚结婚时哈米德对自己那些求爱的花样。

一天的劳累之后，十天晚上得有五天，尼莎还要在沉默中承受身体上的羞辱，这让她很难受。她厌恶那种身体上对他的服从。这就像做家务和照顾孩子一样，是义务。这是她交易中的一部分，是她对家务补贴的回报。她对这事没有意见，但她十分厌恶哈米德酗酒。虽然她不敢与他争论，但她无法掩饰自己的敌对态度。她从不开口，而默默对抗让哈米德的脾气越来越坏。她强烈的道德优越感也经常会激怒他，这让他变得更为恶毒。有时，这对尼莎很有效。事后，他会因为太生气而不想要她。有时他喝得太多，没有注意到她的冷漠或她疏离的怒气，他只是自得其乐。

那天晚上，当她躺在院子里的吊床上，凝视着晴朗的夜空时，她头脑中不断闯入塔拉的那张脸。那是一张塔拉的照片，迫使她产生了联想。她看到她站在齐腰深的拉维河[1]水里，身着黑衣，眼睛仰望着月亮，召唤着她的力量。力量，对于无助的尼莎来说，这个念头似乎是那么诱人。那天早上她出门冒险了一番，尽管她

1　穿越印度西北部和巴基斯坦东部的一条跨界河。它是旁遮普地区印度河系统的六大河流之一。——译者注

希望能改善一下自己的处境，但她知道她没有塔拉那样勇敢。

门口传来哈米德的脚步声，尼莎立刻蹦了起来。快到十一点了，他通常都是这个时间回来。她迅速把炉子上的水烧开，把米倒进去开始做饭。那天晚上，当哈米德每吃一口咖喱扁豆和米饭都要唠叨抱怨时，尼莎觉得她内心动摇了，当时坚决不考虑魔法的决心没有那么坚定了。

她不知道需要多大的努力、多大的勇气，才能在一个男人的茶里或果子露里施展这个魔法。她看着哈米德压在水杯上的嘴唇，不禁打了个寒战。她的脑海中闪过一段记忆：她的长子卡里姆刚出生时，躺在她的肚子上，身上黏糊糊的，还带着一点血。她难以置信地摸了摸他……当时看到脐带上的血滴并没有让她担惊受怕。那是赋予他生命的血块，使这一切变成可能的血块。

"你看什么呢！"哈米德生气地呵斥道。尼莎赶紧跳起来收拾盘子。在她内心深处，她感觉自己施了一个严重亵渎神明的魔法，这一瞬间的感觉使她一度感到不安。

她的一生之中，她看到她周围的女性在这方面都遵守着禁忌。多年来，尼莎对此也一直讳莫如深，一直回避，产生了一种深深的羞耻感。如今，塔拉的话就像是在这种信念的基础上拔除了一块至关重要的砖头，令这信念开始动摇。

如果经血真的有神奇的力量，她想知道为什么女人会如此厌恶。她知道自己头脑过于简单，不可能找出答案，但每个月月经来的时候，这个问题都会在她的心里不断浮现。现在想来，这种厌恶对她来说毫无意义。毕竟，她们都对月经的生理方面有足够的了解。当月经开始之时，大家难道没有一丝轻微的宽慰之情；

当月经迟到之时，大家没有点担忧之心吗？

七个月的时间像是在监狱里服刑般慢慢流逝。每个月，她都在想她是否有这个胆量施法。每个月圆之夜，她都会想起塔拉的眼睛，她的脸在月光下闪闪发光，站在齐腰深的拉维河水中。每过一个月，这个魔咒令人震惊的程度便会消散一些。在这几个月里，她认真想了想自己、自己的生活还有自己的身体。每次看到月亮，她都祈祷下个月更好，但一切都没有改变。除了一点，她对自己身体的态度发生了微妙的变化。

到了月底，从第二十五天左右开始没有钱花的时候，尼莎的内心满是苦涩。她不得不再次求助于哈米德，向他要钱，而他却朝她的脸上吐口水。每个月的这几天晚上总是糟糕透顶，哈米德更是怒火朝天，更加无所顾忌。但现在，这种情况发生时，尼莎对哈米德的憎恶就像哈米德恼恨增加开支一样，尖锐刻骨。

她对自己的生活感到厌倦了。她节俭持家，辛勤工作，受虐挨打，最后还要承受身体上的羞辱。她开始拒绝与哈米德发生关系。有人教过她，任性的女人才会这样，但她根本不在乎。

哈米德对她的拒绝不知所措，起初是太过惊讶和愤怒，以至于无法与她争辩或坚持。但后来她拒绝他的次数越来越多，他不得不做出反应。令人惊讶的是，他没有强行占有她，而是在其他方面变得更加暴力。他仿佛意识到她最近对自己身体的尊敬，便不得不用别的方式来侵犯她。

对尼莎来说，每一次拒绝都是一次小小的胜利。乌黑的眼眶、肿胀的嘴唇或伤痕累累的脸对她来说已经习以为常。扎里娜的母亲有时会伤心地摇摇头说："啊，那个男人！孩子，你的耐心会得到福报的。他到底为什么那么生气？"

对尼莎来说，比起羞辱性的性行为，她宁愿选择瘀伤。她不知道神灵会不会给自己福报，她只希望自己在这世上少受点罪。

那年春天，扎里娜的母亲又生病了。医生来了，但老太太并不放心。她一直在说塔拉，说前年她给自己开的药方是如何有效。尼莎从他们家回来后，满脑子都是那天她去见塔拉的回忆。

对她来说，塔拉不再是一个邪恶的魔法师。在她的记忆中，塔拉是一个温柔有爱的人、一个朋友、一个支持者；塔拉关心弱者，也关心她。塔拉传授给她的奇怪的罪恶魔咒给了她一种力量。尼莎已经从一个瑟瑟发抖、畏畏缩缩的人，变成了一个冷静沉思的女人。

那天晚上是女人们的夜晚。西玛第二天就要结婚了。她们聚在一起挑选衣服，准备她第二天要给婆家人看的妆奁。尼莎找了个合适的时机，得到了哈米德的同意，参加这场婚礼。她早早地就去了，穿着华丽的衣服，戴着她最好的耳环，她抱着扎法尔，两个大孩子跟随在她的身边。

女孩们兴致很高，歌声响亮。尼莎努力想融入这个场景，但她笑得不自然。那些熟悉的老调子，今天却让人觉得刺耳痛苦。歌里说婚姻美满、夫妻恩爱、日子过得心满意足，满嘴谎言，让她很是恼火。尼莎看着这间小房子，想起了她母亲的房子，有些难过。西玛的姐姐在教西玛如何应对新生活，那些话把尼莎从怀旧的情绪中拉了出来。忍耐和宽恕是最重要的字眼。这也太熟悉了。

尼莎再也无法控制自己。她突然爆发了："她到底应该忍耐到什么程度，查奇？"

"需要为一个家流多少眼泪？"她轻声问着，"如果西玛日日以泪洗面，被自己的尖叫声噎住，你难道不希望她回头看看这娘家吗？"

西玛的婶婶看起来有点窘迫和恼火，她说："天哪，今晚说这个多不吉利，对不对呀？"

周边的人对这个话题颇感兴趣。她们中的大多数人都知道尼莎的情况。突然，尼莎感觉有人搂住了自己的肩膀。是西玛的母亲。这个问题背后的痛苦她已经感受到了。

"没有一个母亲会把自己的女儿拒之门外。如果西玛需要帮助，我当然乐意让她回来。"

尼莎勉强笑了笑，回到厨房去拿另一壶茶。扎里娜正在厨房里帮厨。

"你知道吗？"她看到尼莎进来时，抱怨道，"我今天去塔拉家拿妈妈的药，令人惊讶的是，塔拉一家人都不见了。"

"什么意思？"

"嗯，就是收拾好东西，拍拍屁股走人了。"

"为什么？"尼莎的心一阵怦怦乱跳。

"哦！摩托车修理工说他们不得不走，因为有太多的人回去要钱。看来她是个骗子。"

回家的路程不远，尼莎和扎里娜一路默默无言。孩子们也都累坏了。她把他们的鞋子一只只脱掉，然后进厨房煮饭，仍然想着塔拉的事。她发誓，有时她真的感觉到了魔法的力量，她身上有那魔咒。现在她只感到迷茫和失落。她一直希望她所知道的那个魔咒是真的。

哈米德回来得有些晚，而且比平时醉得更厉害。他比往常更恶毒地攻击她，嘲弄她的衣服和耳环。尼莎又紧张又害怕，急忙起身准备离开房间，但他拉住了她的胳膊。这一拉，尼莎便失去平衡，踉跄着跌倒在地。她的头撞到了木凳的拐角处，血流如注。搪瓷杯、盘子和碗都从厨房的架子上滚了下来，哗啦哐当一片。这声响吓着了哈米德。他自己努力站了起来，又试图去拉尼莎起来。

结果尼莎却歇斯底里地叫了起来："不！不！不！"她尖叫着，"别碰我！别靠近我！我会杀了你。我会捅死你，我会毒死你。"这些话从她口中喷涌而出，就像她伤口涌出的血一样快。她身上衣着华丽，脸上血迹斑斑，头发乱七八糟，看起来很是怪异。

扎里娜愤怒地敲着门。哈米德感到不知所措，被吓呆了，让扎里娜进门后，自己出去了。扎里娜立刻开始善后。她先给尼莎处理了伤口，让她平静下来，把她扶到了床上。孩子们在这场骚乱中早就睡了过去。

第二天早上，尼莎醒来的时候，脑子清醒无比。她知道自己该做什么。她把自己和扎法尔的一些东西收拾进一个小行李箱里。大一点的孩子们都在学校。他们和扎里娜家的孩子们一起走着上学。她站在墙边的小凳子上，给扎里娜打电话，告诉她说：

"我要回我妈妈家了。我会带着扎法尔一起走。我想他们不会把我们母子拒之门外的。至少我可以洗碗做饭。如果哈米德不想留下萨菲亚和卡里姆，让他把他们也送到锡亚尔科特。"

扎里娜含泪点了点头，并答应替她多多照看他们。这一次，她没有勇气再劝说尼莎，劝她再忍忍，劝她相信哈米德会有所改变。她不知道还有什么魔法可以改变事实。尼莎曾见过一个令她无法忘怀的幻象，感受到了一种令她无法否认的力量。当她转身走出院子的时候，手里紧紧拉着扎法尔和银色行李箱，她的脚步艰难缓慢却又坚定不移。

诗 歌

Poetry

春天的诞生（外二首）

埃达·贾弗里

Ada Jaffery

春天最亲密的小伙伴啊，
你这个懵懂的顽童，
不知是从哪处的藤架窜出
蹦跳着来到我的身旁。
待你若至宝，
在我的庭院里将你栽种，
这可是向你致敬啊。

春去春又来。
娇柔的花瓣，奏成乐章，
你哼着春天的歌曲；
陶醉沉迷，
沁脾的芬芳烙印在
灵魂的石板上。
美人的骄傲，
青年的才思，

何其相似乃尔。

孤芳独自赏，

旁物皆失了颜色。

春至之时，

不知我将身在何处；

迷惘与困惑交织，

遍布前路；

你终会忘却我的爱抚，

忘却我的梦想，

而我会将你铭刻于心，

因为大自然在我的心中

创造了一个母亲啊。

英文版由拉菲克·哈瓦尔译自乌尔都语

听！

亲爱的！

你无法想象

人们是有多么抗拒

我的故事，

就像无论何时都不会

行走在漆黑的小巷。

你从阳光中捕捉的每一缕斑斓

赐予了每一串脚印

一道夺目的彩虹。

不见梦想逝去的沉思

也未闻绝望时的呢喃。

一株娇嫩、绿油油的藤蔓

攀附着粗壮的大树

无数双手托举着它。

沿途的灵魂

皆称心遂意。

多美妙的旅程啊！

途中的尘埃

可不会为你一一讲述。

英文版由拉菲克·哈瓦尔译自乌尔都语

纵然在今日

我坚信

所有的孽障已偿清，

我为每一个笑容付出了代价；

忠诚，不再是美德

我决定放下过往向前看。

至少我值得活下去。

我心坚若磐石。

纵然一再地，

将真诚、忠贞与爱

交由权威审判，

泪水的价值竟可衡量，

它可是在掩藏着

那份渴望啊，

那对坦然、赤诚的笑容的渴望啊。

英文版由拉菲克·哈瓦尔译自乌尔都语

路灯旁的女孩（外一首）

泽赫拉·尼嘉

Zehra Nigah

暴风雨在夜里咆哮

大雨如天河决口

如此夜晚，不知为何，

我竟走出家门闲逛。

她在马路对面

静静地站立在路灯旁

麻木地将头抵着灯杆，

她在等待

等待着下一个客人

妆容被雨水冲刷

沿着脸颊流下。

原本尖细的眼线

消融在雨水中

秀发上的光泽

被狂风卷走。

我不禁为她担忧：
这场狂风暴雨
定会将她撕成碎片，
那张铺满妆容的脸
会化身狰狞的游魂。
是的，一定要去接她啊
她的下一个客人
可得是不挑食的！
厚重的妆容
被雨水冲洗干净
我再一次细细地
端详她脸庞。

多么白净清新啊，
纯粹的面容
经过雨水的洗礼
露出青春的靓丽。
一枝枯败如叶的花
与她的秀发纠缠着。
一颗雨滴，如露珠般
在她双眸中颤动。
那绝不是灰烬，
那是无尽跳跃的火光啊。

就好似她是

我的亲生女儿

从我腹中而来

在爱的呵护下茁壮成长。

大树上悬挂的秋千

堆满了洋娃娃的架子

可她把这一切永远留在了家里。

轻声呵斥她

不要走路太着急

她倔强地反抗

不再让我牵她的小手。

在一个集市上我失去了她

被人群强行掳走

黑暗之中

她无法找到

回家的路。

霎时间我渴望着

将她搂入怀中

抓住她躲开人群

紧握她的双手

亲吻她的额头

与她重归于好

还渴望着
将我的面纱变为巢穴
这样我就可以将她藏起。

英文版由鲁克萨纳·艾哈迈德译自乌尔都语

我的闺密

慧眸杏脸却脸色阴郁的姑娘呀。
白纱遮住了她曼妙的身姿，
只能够身居闺房倚窗望。
相识相知已有多时
她身披残阳踱步而入
那双冰冷瘦削的手轻盖我的眸子
这猜谜游戏她自然会落败。

纵使我们友谊之花经受千百次摧残
但芬芳仍在我们心间弥漫
纵使岁月轮回，我们友爱之光芒始终耀眼
泪水在彼此双眼中闪烁，脸颊却笑容洋溢
纵不尽黑暗向我们撒下邪恶之网
也不可阻挡人类爱之烈焰永不熄。

她细细打量房间每一个角落

打开每一扇衣橱

将纱丽在双肩披戴

将珠宝来逐一试戴，

对镜拂弄秀发

她渴求赞美的目光，触动我心弦。

我说，坐过来，让我向你来道尽这处世之道

让我来为你讲述我游历过的山河

让我来告知你新风俗，让我来为你展示新时尚。

听我一一道来

这件件法国纱丽，针脚刺绣精美绝伦

这只只意大利提包，每个都有鞋子来配

这颗颗闪烁的石头，你可知它名为钻石

这串串天然珍珠，你可知与人造的有云泥之别

当然，物质带来的欢愉转瞬即逝

你可知这小瓶中

乃世间最为不菲的香水

确实，这些乃珍奇绝伦之物

是我从无数商店精挑细选得来！

但听我劝吧，你为何眼角湿润了呢？

走出这庭院，去见识广阔的世界

逃离那方寸逼仄

的房间
那堵庇护你免遭苦痛的泥墙——推翻它吧
如果可以，请把阳台的旧纱窗撕扯下来吧
快加入我的世界吧
这里清新洁净、生气勃勃、别有一番天地，
每一种色彩因其自在与真实而散发着光芒。

我的闺密啊，无须多言便晓我心意
她掩着笑意温婉地赞同我每一个字眼
她邀我再玩一次猜谜游戏。

你说你的世界它自在又真实
一切为何会如此，自在又到底是什么？
真理的原则是什么，友谊的基础是什么？
你可知自在的眉梢上闪耀的是我的泪花
你可知真实的血液中流淌的是我的梦想
友谊的背后是我的痛彻心扉与望尘莫及。
秉承真理的圣徒却被遗忘，讲的就是我啊
你的梦想我仍牢记心中，
我曾经的记忆也为你所拥有
如果可以，请把刚刚你展示的一切统统带走。

她在霞光的笼罩下走进我的家
觉醒之光伴她找寻自己的归路

那个郁郁寡欢的姑娘，我的闺密啊

她终会明白，她终会尝试

无论是赢还是输。

英文版由鲁克萨纳·艾哈迈德译自乌尔都语

忏悔（外二首）

基什瓦尔·纳希德
Kishwar Naheed

受惊的鸟儿啊，你躲藏在角落，
鸟儿你为何惧怕我们颤抖的双手啊？
无辜的你失掉了自由，
被见所未见的网困住了身。
但我们也割掉自己的舌头，
如今，为取悦公众而虔诚地做礼拜，
合唱欢乐的圣歌。

受惊的鸟儿啊，你躲藏在角落，
你前来拾穗只为一口"生活的面包"
为了"生活的面包"
欲望战胜被俘的恐惧。
它让你双眼熠熠生辉。

受惊的鸟儿啊，你躲藏在角落，
如何将你捕获是一个古老的故事，

它如同时间一样古老。

但我们这些曾经的猎人

最终将自己猎捕。

我们统治着世界

却同时成了奴隶。

我们割掉了自己的舌头，

如今，为取悦公众而虔诚地做礼拜，

合唱欢乐的圣歌。

英文版由C. M. 纳伊姆译自乌尔都语

直 觉

我的母亲啊，

她像那地球，

总是慢条斯理地缓缓移动，

悄无声息。

我的母亲啊，

她像那水滴，

穿透了悲痛的巨石，

一滴一滴永不停歇。

我的母亲啊，

她像那月亮，

隐忍着生命中的每一段苦痛，
豁然坦荡，无所畏惧。
我的母亲啊，
她像那云朵，
随风而散，不辞而别。

她静静凝视白日里天空撒下的斑斓；
她静静眺望深夜里腾飞的美梦。
她的双手捧得起一公斤金黄的小麦。
她的双臂环得住粗壮的身躯。
母亲啊，您那纯粹的影子啊！
瞧瞧无耻的我们吧，我们的呼吸
因恶疾而粗重。我们身影所落之处，
庄稼皆害了病——只有创伤在滋生。
母亲啊，您的怀抱是我们的避风港，
我们该如何拥有如您一样的美德呢？
我们又该如何将罪恶涤清焕发美好？

英文版由 C. M. 纳伊姆译自乌尔都语

逆时针

哪怕我的双眼被你踩踏在脚下
即使如此，恐惧仍将与你如影随形

虽双眼失去视觉

我仍可触摸他人身体听闻他人话语

如同嗅到一阵芬芳

哪怕为了自身安全

在泥土中将鼻子磨平

即使如此，恐惧仍将与你如影随形

虽鼻子失去嗅觉

我的双唇仍可言语

哪怕我的双唇因赞美你的虔诚

变得干涸而失去灵魂

即使如此，恐惧仍将与你如影随形

虽双唇无法言语

我的双腿仍可行走

哪怕你将家庭的桎梏强加我身

以羞耻和谦逊的枷锁束缚我双脚

使我身残无法动弹

恐惧仍将与你如影随形

虽双腿无法行走

我的大脑仍可思考

你惧怕

我自由，我活着

惧怕我思考

惧怕我将陷你于无尽的苦痛

英文版由鲁克萨纳·艾哈迈德译自乌尔都语

卡多尔[1]与围墙（外二首）

费赫米达·里亚兹

Fehmida Riaz

陛下啊！这件黑色卡多尔于我何用呢？

我荣幸之至，可陛下为何赐我此物？

我未服丧，无须披戴头巾

向天下人昭示我的哀痛

我未患疾病，无须被藏匿在隐秘的黑暗

我既非罪人，也非罪犯

无须用黑色的头巾将额头包裹

若您理解我的粗莽冒失

若您承诺饶我性命

我斗胆恳求您大发慈悲

噢，人类万能的主啊！

陛下芬芳袭人的房间里正躺着一具尸体

无人知晓它是何时开始腐烂

它乞求得到您的怜悯

陛下，请您开恩

不要赐我这件黑色卡多尔了

请将它赐予正躺在您卧室的那具赤裸的尸体吧

它散发的恶臭

逼得每条巷子的路人屏住呼吸、健步如飞

她的头颅被砸向一扇扇门框

为她的一丝不挂遮羞

她撕心裂肺的惨叫声

唤醒了诡异的幽灵

即使披上了卡多尔，仍是赤裸的啊。

她们是谁？陛下啊，您一定知道。

陛下，您定识得她们的啊

这都是您的婢女啊。

深夜里她们还是虔诚的信徒

清晨的第一缕阳光宣判她们今后没了归处

她们成了陛下您的奴隶

是您子孙后代的半壁财富

这些贤良女子啊

等待着去践行自己的婚礼誓词

一列列，一排排，她们静候遴选

这些纯真的少女们啊

陛下将父爱之手置于她们头顶之时

她们纯真的鲜血染红了您根根银须

您芬芳袭人的房间里，生命洒下了它的血泪

那具尸体它横卧在那里

已长达几个世纪了啊，这场泯灭人性的谋杀。

现在就来结束这场闹剧吧

陛下啊，快将尸体遮一遮吧

需要这件卡多尔的人不是我，是您哪。

卑微如我，不仅仅是您欲望的工具。

生命的康庄大道闪烁着我智慧的光。

倘若大地上闪烁着一滴汗珠，

那定是我勤劳的汗水。

希望这四面囚墙和卡多尔将这具腐烂的胴体遮盖。

她来扬帆我来领航，在自由的大海徜徉，

我是新阿丹[1]的伴侣

我将爱他至死不渝。

英文版由鲁克萨纳·艾哈迈德译自乌尔都语

1　伊斯兰教义中人类的始祖，相传由安拉用泥土创造。——译者注

伊克利玛

伊克利玛，

嘎比勒和哈比勒[1]的

同母姊妹，

与他们却大相径庭。

两腿之间和乳房的模样

截然不同，身体内部构造也

全然不同，奥秘在她的子宫。

所有这些不同有何意义呢？

不过是让她成为一只肥美、献祭的羔羊罢了：

伊克利玛立于熊熊烈焰的山巅之上，

她的躯壳即是罪

烈日将她灼印在石头上

看哪，

她修长的双腿和饱满的乳房上

她子宫的迷盘上

还有伊克利玛的头啊。

真主安拉，与伊克利玛交谈，

就这一次，问问她。

英文版由 C. M. 纳伊姆译自乌尔都语

1　阿丹和好娃所生的双胞胎，对应《圣经》中的该隐和亚伯。——译者注

洋娃娃

她甚是小巧
所以更显娇俏。
双唇嘟翘
双颊染着红晕
静静地凝望
湛蓝的眸子睁得大大的
来吧，随心所欲地
一起和她玩耍吧
或是将她锁起，
或是，倘若你想
把她放在架上供大家观赏。
她的樱桃小嘴什么也不会过问。
如果那双蓝蓝的大眼睛睨视着你
莫慌莫慌
只要让她躺下
她就会进入梦乡。

英文版由 C. M. 纳伊姆译自乌尔都语

独白（外二首）

佩尔文·沙基尔

Perveen Shakir

似乎

身旁的人

都在讲着另一种陌生的话语！

我们之间

可以交流的波长，

已去到别的宇宙。

或许是我的字典已过时

或许是他们使用了全新的语言！

无论我要去到哪里

都需要一种全新的语言密码

才能理解他们的话啊！

于是我沉默了。

因为语言神圣不可辱！

现在我依然可以交流

和一面墙壁

或是与孤独寂寞。

最坚定的伙伴是我的影子！

我惧怕着那个时刻的到来

只剩下我孤身一人

把那个频率遗忘时

我将只能够

喃喃自语。

我畏惧那一天的到来

只能撕心裂肺地尖叫：

救命啊，救命啊！

英文版由莱斯利·拉维尼和班达尔·巴赫特译自乌尔都语

国王的苦恼

身居王座之上，

如处刀头剑首之境。

悲哉，苦恼竟千奇百怪！

此公国暴动，

彼公国叛乱。

间或，不安的骚动

正祸起都城！

突然耀武扬威的

军队总指挥

或是日渐觊觎王权的

总司令，
国内发动叛乱的
急不可耐的王子
动荡不安的边境
争斗不休的后宫
还有无休的政变。

轻易出尔反尔的敌军
非最为棘手，
真正的祸患乃身旁
趋炎附势之流
无非此二者：
哈巴狗——忠诚名远扬
摇尾乞怜
乐此不疲，
转身
衔着肉骨离你而去。
更歹毒之辈则是
状貌如人
心似恶熊。
不停亲舔着主人的双踝
如痴如醉。

一个明媚的清晨

国王睁开双眼

耳边传来最喜爱的女仆哼的陪胪[1]曲

却猛觉双脚了无影踪！

英文版由莱斯利·拉维尼和班达尔·巴赫特译自乌尔都语

我的爱人，我何时在你生命中出现

我的爱人，我何时在你生命中出现？

在清新的晨风中，

或是在闪烁的夜空中。

在朦胧的细雨中，

或是在酣畅的大雨中。

在清冷的月夜，

或是在平淡的午后。

在深沉的冥思里，

或是在随意的哼唱里？

于你，我又有何意义呢？

是你吞吐的一口烟

是庆祝天气的一杯酒

还是那家喻户晓的人间悲剧？

---

1 也译为倍胪、陪罗缚，印度教神明，外型凶猛，相传是湿婆神的化身，或是它的儿子。其坐骑为狗。——译者注

这段爱情故事刚罢了

另一段酝酿着要登场。

我是你的避暑胜地

还是说，只是一个漫长的周末？

我的爱人啊，我究竟何时在你生命中出现呢？

英文版由莱斯利·拉维尼和班达尔·巴赫特译自乌尔都语

迟到的公正（外一首）

沙布南·沙基尔

Shabnam Shakeel

我的爱，

每一次都被撕裂，残破不堪，

它伤痕累累、遍体鳞伤，

它永远不被尊重。

我的爱，

它周而复始，

一直在无尽地重复着，

不增也不减。

它从未在我的心尖绽放，

也从未在我的灵魂帖上留下

一个悲痛的字符。

我的爱飘忽不定，

它既未闻名遐迩

也非亘古不移。

渴望与圆满总是中道而止，

所谓的敌意和友谊

充满虚假。

美好愿景依然虚无缥缈，

被束缚，被压迫。

既非黑也非白。

我生命的篇章是一片暗淡的灰色笔迹。

人生如白驹过隙，

好似无限重复的难题，

茫然若失的模样，

无法言说的悔恨，

不可名状的处境。

我命中注定的爱啊，它不停地轮回。

要知道，

即使此刻赢得了尊重，

终其一生，

迟来的快乐将充满悲痛，

体味这份欢愉的热忱，

早已弃我而去。

英文版由费赫米达·里亚兹译自乌尔都语

死亡之井 [1] 与摩托车手

这片竞技场

环绕着恐惧，

禁止张望，

禁止呼喊，

禁止思考，

她却，

隐身于观众之间，

隐匿于浩瀚天地。

她恣意张望，

她纵情呼喊，

她随性思考，

摩托车手，拼尽这一生

都在绕着这口死亡之井不停地转。

英文版由费赫米达·里亚兹译自乌尔都语

1　印度流行的一种特技表演。这项活动的爱好者通常驾驶汽车或摩托车，在直径为6至11米的桶状赛道上行驶，并表演自己的拿手绝活。这种桶状的赛道也被称为"死亡之井"。——译者注

写给空旷的天空（外一首）

伊尔法娜·阿齐兹

Irfana Aziz

平凡如樱花
亦嗅过你天蓝的
毒药，这是
距离、黄昏与逝去的
化学产物。
迷人的
虚空，傲慢的蔚蓝色的
凝视，对你
我忍无可忍，即使

在我的国度里
你依然能挑起我
心中的愤怒。
此刻，在这一片紫罗兰中

文明中充斥着暴力

与购物的狂欢

将我置于冰冷之中

黑暗的水晶

被彻底击碎

我看繁星

消逝。哪里

能听到月亮的

温声细语，地平线上

升起的光，难道是

梦想的阴影？

另一个国度里，

开始崭新的一天

吻过爱人的

双眸，将晨报

点燃，就像他在另一个房间里

点燃烟斗丝那样

只剩下跳动的蓝焰

和弥漫的烟雾

整个房间都是

他的英莫尔[1]烟斗丝的香气

1　著名烟斗丝品牌，因商标是一颗菠萝，俗称"菠萝切片烟斗丝"。——译
者注

我伸出双手

靠近那破碎的

黑暗水晶，渴望

如埃兹拉·庞德[1]

用文字

来换取

一家不大的烟草店

就在一条破败的街道旁，那儿总是下着雨。

英文版由本诗作者译自乌尔都语

从莱茵河到尼亚加拉河

被夺走的黎明是心中的光。

一切痛苦的痕迹：

满载热切的心却披着污秽的礼服，

疲惫的身躯和空虚的灵魂，

破败的墙垣散落着残缺的壁画，

神话传说里封印的咒语，

与荒蛮和魔鬼共舞，

1　埃兹拉·庞德（Ezra Pound，1885—1972），美国诗人、文学评论家，意象派诗歌运动的重要代表人物，美国艺术文学院成员。庞德和艾略特同为后期象征主义诗歌的领军人物。——译者注

回音洞后隐蔽的瀑布，

和瀑布背向而行，来到广阔的天地——

山脉与山谷如黛绿的拱门。

浩瀚的大海与绵延的山峦

想把它们紧紧拥入怀中

可惜我张开的双臂只能望洋兴叹。

你别致的娇容散发的魅力

透过昏黄的灯光

与我的孤独结伴而行。

在黑夜的脚步声中

银河又一次释放着璀璨

阵阵歌声仿佛

从蓝色河流闪闪发光的双手里的

不透明音乐盒中溢出。

远处的黑暗森林四处寻觅我的踪迹

又听到莱茵河在灵魂深处回荡的声音

声波的反射刺激着视线

光芒在满是雨滴的手掌上流淌

如升起的月亮点缀着星空。

这一刻世界仿佛停下了脚步

一切都好似静止不动了。

英文版由本诗作者译自乌尔都语

心声（外一首）

帕尔文·法娜·赛义德

Parveen Fana Syed

呼啸的狂风

唤醒了

冰封的寂静。

沙尘暴

肆意踩躏着

葱郁的灌木丛

只有被诅咒的树

挺拔笔直

风雨无惧。

光秃秃的枝条

伴着自己

独特的节奏

摆动。

被踩躏的花朵

凭借傲人的活力

谈天说地

英文版由拉希德·马丁译自乌尔都语

可倒映的阿杰拉克 [1]

圣·拉蒂夫！

这是条多么神奇的路啊

没有方向也不知终点。

沐浴着你的歌声

沙漠里鲜花怒放

阿杰拉克因你的兴奋

染成了靛蓝与深红。

披上阿杰拉克，我的心感应到

这是件能够倒映美好的华服

倒映着的红

满是玫瑰飘荡的

芬芳，迈赫兰 [2] 到处

闪耀炫动的星光。

可它未映出一丝一毫。

娇艳的花瓣终会枯萎，

沙漠的沙粒将倒映着烟雾

而非光芒

即使广袤如沙漠

1　传统古老的刺绣工艺，可追溯到大约公元前2500年至前1500年的印度河谷
文明。是一种用深红色和靛蓝色作背景的几何印花布，通过用手工雕刻的木板和抗
蚀剂印染的方法进行两面印染。——译者注
2　巴基斯坦信德省别称，是巴基斯坦面积第三大的省。——译者注

也终会缩小

这些不会映出一丝一毫。

英文版由拉希德·马丁译自乌尔都语

1983 年 2 月 12 日

赛义达·加兹达尔

Saeeda Gazdar

听我说，玛丽亚姆；听我说，哈杰拉；
听我说，法蒂玛。
来听听新一年的好消息吧。
他们的女儿们出世之时
父母就忙着四处寻觅致命的毒剂
这是因为法律和权力被那些
编撰者、发言人和裁决者们牢牢攥住了啊
他们还反对鲜花、知识和自由。
他们控制一切。妥妥的统治者啊！

听我说，玛丽亚姆；听我说，哈杰拉；
听我说，法蒂玛。
今天，他们制定的法律
须得你瞻仰它
双唇亲吻它
对它顶礼膜拜，心怀感恩。

你是家里的女王

孩子们的母亲

他们对你言听计从，

多么自在，多么威风啊，

简直呼风唤雨。

他们却说为了你好

你要理解做证时两个女人才等同一个男人[1]

女人独自外出是欠妥的

随意走动即行为不当

这神圣禁令

谁若否认

将视为叛教

当斩首示众

女人们走上街头

示威游行

争取自由的权力

他们直呼有辱妇女的神圣

乃卑劣无赖之举。

为何要劳累这虚弱的身体

让它疲惫不堪

1　1983年2月12日，约400名妇女聚集抗议拟通过的《证据法》。该法条例规定，在法庭上，两名女性的证词等同于一名穆斯林男性的证词。——编者注

你不过是个陶瓷娃娃，
吸引公众的目光
被击碎，被碾为碎片
终将融化在骄阳下
你无法在法庭吐露真言
谦卑与羞愧使你缄默不语
难堪使你晕眩。

哀悼的旗帜随风飘扬
这些卑微的女子勇敢站出来
两百名妇女走上街头
她们被围得水泄不通
被武装警察死死包围
催泪瓦斯、步枪和火炮
无线电、货车和吉普
每条道路都被封锁
没有保护措施
她们只得孤军奋战。

那些受保护的宠儿
纯粹的流氓和极端分子
他们沿街狂欢
烧杀抢掠
挥舞着长矛与盾牌

恐吓市民

而那时这些武装着头盔的家伙

站在远处微笑

满是欣慰

说道："只是群孩子罢了……"

接着给这些所谓的孩子喂牛奶

让女人成为这般

来看守你们的财富。

这些空洞的道德规范和禁令

不过是为了你们的私欲

你为何要向我多加解释呢？

伊斯兰教如此晦涩难懂吗？

难道从前教徒不祈祷吗？

难道他们不斋戒吗？

难道他们不信仰《古兰经》和教义？

那你们为何要摧毁年轻一代？

为何如此残暴无情？

为何一点小事就随意鞭笞

甚至施加虐待？

我读过自由宪章

你呢？

那清晰无比的

大字写在

我们面前的墙上

你难道不认得？

你怎会觉得

给你孕育生命的我

会在你面前羞怯窘迫

会不敢说出真相

会无法用我的唇舌来叙说

我们的关系

这爱与恨、尊重与蔑视的关系。

你是否畏惧一个女人吐露的真相？

是我麻木不仁？

还是我思想僵化？

站在我身边的另一个与我性别相同的人

她该提醒我。

每一个细节都刻在我心中

我要提醒你

记得……你是多么残暴吗？

如果按照法律来参考

一切都清晰明了

你夺走了我生而为人的尊严

我拒绝为你生育儿女

我的身体难道仅此功能

用我的子宫来为你

生养一群奴隶？

瞎的、聋的、哑的。

我的屈从只能

将我们的子女推入坟墓

所以你无法使我顺服。

你要求两位妇女

我们两千万女人

将出庭做证

反对暴虐与残酷

砸向我们，

以证人规则的名义。

是你，不是我们

应当被处以极刑

你才是光明和真理的敌人

你才是爱的凶手。

英文版由鲁克萨纳·艾哈迈德译自乌尔都语

放逐（外一首）

娜思霖·安朱姆·巴蒂

Nasreen Anjum Bhatti

我贫瘠的身躯里

沉睡着冰冷的泪水

黎明时刻

在尖叫声中

它将我撕成碎片

他清醒过来，躺在食物的一旁

我为即将归来的人儿编织着衣裳

听听我的故事吧

我心硬如铁，双眸湿润，头发灰白

如顽石一般

直至生命将阴霾舞动

站在湿润的田地里与清晨不期而遇

夜晚被手中提灯的光芒浸染

文字孕育了孩童

我的诗却始终未诞生。

故事生出了新叶，

我摆脱了停滞

环绕的一切，皆已消失

下一次呼吸时

我既无爱人，也不被人所爱。

我的一天终究落幕。

我赤裸着藏在太阳身后

双脚共穿一只鞋子

双腕共戴一只手镯

下午时

母狗被狗群拖入水沟

我不禁想到自己

太阳与大地齐冲我吐口水

我的爱从未寻得温床

风远离了我的渴望

我把一个杯子放在另一个上

夜幕降临

从太阳的身后走出

掐灭眼中的香烟

将自己放弃。

英文版由雅斯敏·哈米德译自乌尔都语

待完成的诗

你希望让我来许下承诺
供你买下那些梦想
可那都不是我的。
瞧吧！
世上莫过两种贪婪的嘴脸，
其一，渴望拥有一切的贪念
其二，他人不得拥有一切的跋扈

切莫赶走玩贝壳的孩子
否则他们会被马蜂窝吸引
你就永远不会
体验到被蜇的痛
沙子永远不会消失不见
倾洒比渴望更大的悲伤
不要惊扰玩贝壳的孩子
这是他们扎根这片土地的时光

大地的朋友啊！

奔跑中，我将海娜之夜[1]洒落在各个角落

你是否曾见过？

你是否见过那绘满图案的双手？

那蓝色的莲花

她们的指尖记下我的时光

掌心里描画着我的眼睛

他说我超越凡俗。

愚蠢的女人深爱着她的男人

她的心思与其他女人不同

她有自己的想法

大地的朋友啊！

我的渴望甚至无法跨越这河流

我忘记了河的彼岸就是我的家

我思索着：

抛却一切，

是谁的心，

藏在大鼓背后，专心地

数着心跳

英文版由雅斯敏·哈米德译自乌尔都语

1　又称"指甲花之夜"，指婚礼前一夜，新娘与女性好友一起，由人在新娘手上、脚上画上海娜。海娜手绘是一种古老的身体装饰艺术，在东南亚、中东、北非等地较盛行。——译者注

长辈的第一次祈祷（外一首）

伊什拉特·阿弗林

Ishrat Aafreen

夜的子宫中

降生了一束微弱的光：

它舒展开黎明粉嫩的小拳

细细端详她的掌

向缕缕晨风呢喃

让滴滴露珠落泪

一颗星星放声大笑

月光微笑着转身离去。

她侧过身来，虚弱无力

母亲有了感应，逐渐变得强烈

她用手势询问

一阵颤动过后，响起一声低语：

噢！是女孩吗？

主啊！那声音里载满了深沉的悲怆！

这是第一个灌入我耳朵的声音

在我最初的呼吸声中不停地翻滚着

我听到的是饱含挫败的苦痛

"哦，是个女孩！"

"一个女孩！"

"是个女孩？那，为她祈求好运吧！"

声音深深刻在我的脑海中

这是长辈们第一次祈祷。

英文版由鲁克萨纳·艾哈迈德译自乌尔都语

文 字

文字是如此之渺小

却能借助它建造一栋小屋

够我俩来生活

文字是如此之散落

却能将它串起，做成玩具

抚慰饥饿的孩童

文字是如此之稀少

却能将它们收集，垒成小丘

买下一方小小的土地

只为种下金色的梦

文字是如此之昂贵

却能将它分割

租来一件乐器

文字是如此之神圣

如笼罩神殿的月色

如水手嘹亮的歌声

如农民粗糙的双手

如母亲虔诚的祈祷

如孩子稚嫩的声音

英文版由阿西夫·阿斯拉姆·法罗希译自乌尔都语

不要质疑

谢斯塔·哈比卜

Shaista Habib

我们的时代

手中正捏攥着我们的相片，它残破不全。

队伍正穿过一个巨大的市场。

一拨一拨络绎不绝，

他们手牵着手，

身穿人类的服饰。

他们满心欢喜啊

准许别人虐待自己的母亲

为自己换来了食粮。

继续前进啊，

以后，收获会更大。

将脑海中浮现的念头

统统甩掉。

不要浪费太多的电啊，

要为黑暗的日子留下一丝光亮。

继续前进吧，同志们……

为何，你像一个执拗的顽童，

想去掰折那挂满多汁桑葚的枝条

踏过去，继续前进吧，

免得我们前方的秃鹫

瓜分了我们的食物，

好似有一千张嘴

在觊觎着一片面包。

总之，继续前进吧，

将它们击倒，将它们击倒。

前方有更多的面包待我们享用。

我们是被眷顾的，

终会有人在某处静候我们的来到。

那里是否会有清凉的泉水？

不，保持缄默吧，不要质疑

否则，失败者就是你。

继续前进吧……

是谁跌倒了？

不要回头。

我是如何加入这支队伍的呢？

无须思考。

我该如何在暴洪中觅得栖身之所？

疯了，简直疯了啊。

若要寻找记载这支队伍的文章

去博物馆的最后一个展柜看看吧，

为了方便后代翻阅

注释历史的发展，

财富的胶带，

将一代一代连接维系。

其他线索都毫无意义——保持缄默吧——

切莫激怒别人，不要提出质疑

不然，你就是那个失败者。

英文版由雅斯敏·哈米德译自乌尔都语

倘若不是今天的模样（外一首）

阿兹拉·阿巴斯

Azra Abbas

倘若不是今天的模样

也许我会是

云端上落下的一滴雨

一根躺在

干草堆上的稻草

抑或是

在潺潺的流水旁

恣意生长的菌菇

倘若不是今天的模样

也许我会是

寡淡的滋味

在唇齿间留存了一夜

又一夜

抑或是

鸟儿嘴中

掉落的谷粒

倘若不是今天的模样

也许我会是

一块

在墙上蔓延的

霉斑

抑或是

山顶迟迟不肯消融的积雪

并不是每个人都有幸见到

抑或是

一副移走了尸体的

棺材

英文版由弗朗西斯·W.普里切特与

阿西夫·阿斯拉姆·法罗希译自乌尔都语

假如我双手自由

假如我双手自由

那么我将用

梦想的线条

涂黑世上所有的墙壁

扯落末日的风暴

将整个世界

玩弄于股掌之中

将它碾碎

我的短裙散落在
黑暗的噩梦中
我梦到被推上绞刑架
活活勒死
孩子被从我腹中偷走
我的房子变成马厩
里面满是暴躁的马匹
骑着没有马鞍的马儿
我被摔到
黑暗的田野
是谁牵着我的镣铐？
在末日风暴到来前
我要拾起破碎的裙摆
我要最后一次
哺育我的孩子们
然后才，喝下一杯毒药
如果我的镣铐松脱——
会是谁的手在握着
它的末端？

英文版由弗朗西斯·W.普里切特与

阿西夫·阿斯拉姆·法罗希译自乌尔都语

黑夜枝丫上的夜莺（外一首）

沙希达·哈桑

Shahida Hassan

栖息在夜的枝丫上
夜莺的歌声几多悲伤。
在卧房的寂静之中
那烟雾缭绕的灯光下
四处游荡。
因为也许，
那记忆中的过往，
还有忽明忽现的希望。

但有形的时光里，希望、思想、
知识——
在莫名的焦渴里沉溺。
那么，悲伤的风儿！
在这个凡间
谁是谁的等候？

那么，红唇为何渴求

含苞的玫瑰？

为何笃信聚合的云朵？

皆因，

这星球向上的旅程里，

全无"目的"。

英文版由法丽达·法伊祖拉译自乌尔都语

格尔柔[1]

我、星球、音乐、风还是面孔，

谁残留于墙上，直到深夜？

我剪掉所有麻雀的翅膀

让她们不在我的心上飞翔。

尘封了我的书本，

1　乌尔都语غزل，发音近英语词汇"guzzle"（第一个辅音发音不同），译者汉语音译为"格尔柔"。是一种古老的诗歌形式，起源于10世纪波斯诗歌，意指被猎人逼到绝境的鹿的最后悲鸣。格尔柔多用象征性主题元素，后因莫卧儿王朝影响传入印度，以男性宫廷诗人吟诵为主；也是一种音乐形式，多用押韵和叠句的对句，流行于中上层社会。一般来说，格尔柔是一种表达爱的诗歌体裁，理想的格尔柔应该有三层"爱"的含义：情欲、神秘与哲理。个人情欲的表达多委婉、隐匿，采用拟人与暗喻的表现手法。格尔柔是乌尔都语诗歌最重要的形式，至今影响着很多其他语言的诗歌。——译者注

横亘于文字之上，深沉的静谧。

踽踽独行，这些日日夜夜消亡去何方？
谁的手掌把时光来称量发放？

只有一种色调，弥漫在屋子里外中央，
只有一个声音，一次旅行，一种渴望。

沉重的眼皮，不瞌睡的思想，
直面恐惧，黎明的曙光。

何人远方的土地我试着评赏？
我自己的城市陷入我的眼眶。

英文版由雅斯敏·哈米德译自乌尔都语

我仍能活得像风（外一首）

法蒂玛·哈桑

Fatima Hassan

为了你

我是那苦涩的楝树

果实你不能尝

即便你想，

你只能休息片晌

在树的荫凉

因为我也是绿绿的翠亮。

以前我树上的精灵回来

漫漫旅途之后

我拒绝认出

他愠色含怒。

我不想安抚

过往季节教我的如许经验

有一课：

我仍能活得像风。

英文版由阿西夫·阿斯拉姆·法罗希译自乌尔都语

那一瞬间

遥忆从前
你曾说：
你是如此美丽动人。
距今
过去了多少时日啊。
那一瞬间的美好
爱抚着我双手，
像无形的
枷锁
将我灵魂
禁锢，
犹如利剑
刺穿我心
流淌在
身体的每一个角落。
今天我攥紧
那个瞬间，
站在
那儿，
就站在

那儿，

站在

数不清的台阶上……

英文版由伊斯特尔·扎兰德译自乌尔都语

致雪莉，我的女儿（外一首）

萨拉·莎古夫塔

Sara Shagufta

无论何时何人让你哀伤，

请倾诉——我的女儿。

当我的白发

拂落你的双颊

对你付之一笑，

哭泣吧。

在我梦的哀伤之上安眠。

还有尚未成长的原野——

那上面

我还看见

你的心衣一片片。

啊，我初次

体味恐惧，我的女儿

又有多少次

我和恐惧正对面，我的女儿

树丛里正藏着

给你的箭，我的女儿

我孕育了你，我的女儿

而你孕育了——你的女儿。

我渴望为你沐浴时

我的手指渗着鲜血。

英文版由弗朗西斯·W.普里切特和

阿西夫·阿斯拉姆·法罗希译自乌尔都语

鸟儿睁开双眼

鸟儿在夜晚的树上

竖着羽毛。

夜、树木与鸟儿——

黑暗的三个旅客

排成一线，

这夜困在了黑暗里面。

夜，你把我的影子置于何所！

渺小的森林，

而你眼中的我

无边。

蔓延、蔓延——

从鸟儿昏眠那一刻。

每一天，鸟儿激励我，

回到我的船头。

你的船是这清晨？

当我死去，

赋名于我唤作

夜。

我现在名叫距离。

你何日重生？

当这鸟儿苏醒。

只有鸟儿的啁啾四起

才是我的诞辰。

距离与那树握起手来，

鸟儿睁开双眼。

英文版由弗朗西斯·W.普里切特与

阿西夫·阿斯拉姆·法罗希译自乌尔都语

孤星闪耀

曼苏尔·艾哈迈德
Mansoora Ahmed

流转的血液，
所有连接
在其中打结，
冲击着我的血管
消融于我的双眼，
我囚禁其间。

鸟儿是我的英雄。
我从未想存活
于这世间的深渊；
遥远天际的某个山谷
是我的终点；
星辰、太阳与月亮，
我道途的灯盏。
走在如此道路，
我如何登陆

这世间漆黑的深度，

星辰、太阳、月亮所在的地方

是这黑暗的尘土；

徒留呼喊

萦绕四方。

只有一颗星星闪耀

那是你名字炽热的火焰，

你双眼夺目的光源，

但是星辰太过遥远

离地底无尽的深渊。

射下的光线改变诸多路途；

有时

缠绕着微风连连，

耳语声萌芽，

孤独融解，

苏醒了平静的心田。

一转念：

难辨的耳语，

飘忽星辰的光线，

不足以喘息回天。

呐喊一次，

何等激烈，

让这静止震颤终结。

如果曾经从您的天空屈尊降落

这世间的深渊，

这般潮湿、黑暗的深谷也将光芒耀眼！

哪怕一次也好，

让我们点燃火焰

那么所有冰霜

也许终将瓦解，

我囚禁的血液

也将释放豁免。

英文版由雅斯敏·哈米德译自乌尔都语

围 攻

沙欣·穆夫提

Shaheen Mufti

黑暗坐守在门边

狂风停驻于窗前

角落里的眼睛得到慰藉

心跳拖延：

让我们走上屋顶

在这崭新的时间

去一睹那古老的月亮

安放头颅于天空湛蓝蓝的膝上

小睡少焉。

很可能明天

连这屋顶也变陌路

城市掠夺者的眼睛

打量着我们城市的宽度

屋顶的围墙

暴露了我们的躯体。

这一场祸患！

这一场劫难！

英文版由穆扎法尔·加法尔译自乌尔都语

南 希

坦维尔·安朱姆

Tanvir Anjum

满是仙人掌的沙漠里

他安顿好遮阳伞和长椅

好让南希躺着舒服坐着欢畅。

满月的夜晚

南希必来与他相会

坐上这长椅

倚着他的肩

说些什么。

或静静地，

一起看月亮、沙漠还有仙人掌。

他的右臂

一直拥着南希的腰。

如果南希睡去

他就不动半分，

好让她睡得

越久越好。

南希，彼得的妻子

道格拉斯的姊妹，

在满月的夜晚

瞒着他们，来与他相会；

如果某个与他长椅相聚的夜晚

睡了太久，

他们便会搜寻南希，

带着飞驰的吉普和那打猎的来复[1]

发现她独自睡着

把她丢进车里

带她回去。

英文版由弗朗西斯·W.普里切特与

阿西夫·阿斯拉姆·法罗希译自乌尔都语

---

1 指来复枪。——译者注

惩　罚

萨米娜·拉加

Samina Raja

去吧！去看看

那些憎恶的脸庞！

他们的眼睛是地狱的门房；

地牢里蔓延的烈火

烧黑了他们的心墙。

看看这些嘴脸

谁的牙在他们嘴角乍现

交谈时，从嘴上

一点一点向前。

为了谁，无法面对

真相，

谁践踏花朵迈步向前，

在谁的天窗，不曾

有鸟儿栖息、吟唱，在谁的花园

阳光与雨露

失去它们的贞洁；

谁的舌头不识悦人的词句

谁的话语忤逆良善之人的窍穴

变成呆石：他们庆祝

欢愉的终结，

放出狗来直面哀求者

他们的大门

用怪诞的色彩

画着头骨几个：去吧——！

看看他们的嘴脸！

从今天开始，你

就是他们中的一员！

英文版由穆扎法尔·加法尔译自乌尔都语

在小径

纳希德·卡斯密
Naheed Qasmi

拱形的树丛——那儿
还有它们沁凉荫棚下
悠远的小径触摸着天空——
这是否你常走的那条，
用你光辉的脚步充实它的子宫。
我要如何安放我的脚步
盖上你的足迹？用何种方法——

我总是走得迟缓，也曾
冥思，也曾给花圃点缀
一小片花瓣——
如同用微粒扩充沙田。

我会坚持一步一步
用我的薄纱头巾
包裹红的绿的水果：

弯下腰

爱抚微笑的花朵。

我会把荆棘逐个拔除

于我的小径，沉醉于自我

那破碎的梦。

看见受伤的蝴蝶

我的泪水泉涌

迷失了前路

我漫漫的旅途

背负了太久。

你——

脚步为能与风同行

而昂着头的你，啊，我的舵手！我的太阳！

何时你才回首？

做那小径上悠远闪耀的蓝色星斗。

我，拥有双眼的

会变成盲女，

在这寂静的苍穹

苦思冥想。

那蓝色的星斗何时归返

成为我的太阳？

点亮黑暗的路途

让凋零的眼目
再次发光。
思忖着，思忖着……
不害怕也没有他，
没有人。
没有人。

良久，蓦然间
脚步声巨大的回响
响彻那静寂的苍穹，我相信
我的太阳终将回来。
我也会回头
然后变成石头。

英文版由吉拉尼·卡姆兰译自乌尔都语

囚徒的呼吸

努希·吉拉尼

Noshi Gilani

在这声音的丛林，

你困住我的双翼再让我飞翔。

你不给我自由。

你假想了罪恶。

你缝合我的睫毛

留下一个条件

去懂得时间的进程，

用脚镣那单调的声音拖拽威吓，

把我想要自由飞翔的欲求，

视为丛林不协调的痼疾。

你烧毁我情感的小舟，

禁锢于荒漠，离开我思想的河流。

但是听吧！

无论什么季节，

不管囚禁还是压迫，

于荒漠或是莽丛，

囚徒的呼吸在颤动！

英文版由雅斯敏·哈米德译自乌尔都语

小　偷

妮尔玛·萨瓦尔

Neelma Sarwar

饥饿在身体滋长

我的双眼荒芜

我的后花园满是

贫穷、饥饿、匮乏

在其间绽放。

我粗糙的手指

想要从邻居的房子

攫取些花儿

那些房子

金子、银子、钱币

做成的高墙耸着

想为自己采撷一丝欢愉。

小偷！小偷！小偷！小偷！

几声嘈杂

镣铐上马

平添一间房子

和我的屋子有几分相似

臭烘烘黑漆漆

房子外面

和我一样无名的

人们

围着我守卫警戒。

英文版由鲁克萨纳·艾哈迈德译自乌尔都语

一个影子，一段过往

阿夫扎尔·陶西夫

Afzal Tauseef

展览上，看见一幅画

特别突兀，别具一格！

涂黑的图画：城市、土地

废弃家园的大门，这么敞着

看护人的一只眼，大睁着

一条条街像黑绿条纹的蛇吐着信子

天哪，这是什么？怎么了？

凝神发现：

一个影子，漆黑一片中有一个背影，黑暗

漆黑莱拉[1]的沙漏

静静的。隐约难辨，头发披散

谁了解谁的灵魂，新娘

张开双臂等待着哪位新郎

---

1 阿拉伯传说中的女英雄，同音词也有夜晚之意。——原注

是复活的弥赛亚？还是曼苏尔·哈拉智[1]？

你是谁？这本就是个问题

在我眼里，她空无一物

仿似黑夜的影子

门缝下却透入一束光

公主的双脚

灵动欢畅。

这迷人的双脚属于谁？

我沉思着：是黑夜美丽的脚步？

是谁呢？要去哪？

线索呢？

死亡的印记？狂欢的夜晚？

送往绞刑架前的一首歌

奇怪的画面，奇怪的想法！

女子是黑的，夜更甚

黑暗就是所有的影子

门厅的木头，十字架的木头

哪一块不是黑漆漆？

1　曼苏尔·哈拉智（Mansoor Hallaj），穆斯林神秘主义者。因被宣判有罪而送上绞刑架。——原注

但是这双脚

像闪亮的街灯

像凝视的眼睛

火烧般灯塔中的神秘

问题太多，答案也多！

画家还有一个谜题

这画作没有署名

没有署名？

只有一个带引号的标题

"沙漠之夜中莎希[1]的脚"

啊，沙漠夜晚中的美人儿

即便今天美人莎希也照亮着

每颗晦暗的心。

生活也许像塔尔[2]或罗西[3]

黑暗也许会降临

暴风雨会肆虐

枪林弹雨开火

火焰熊熊

饥荒蔓延

黑暗时代来到

1　信德神话传说中的巾帼英雄。——原注
2　巴基斯坦一处沙漠地区。——原注
3　荒芜的土地。——原注

但是莎希总会解释："人如满月。"

这人如满月之脚鲜活的影子

无法终结

我们的希望不灭。

英文版由艾莎·哈隆译自旁遮普语

鲜花之园

萨尔瓦特·毛希丁

Sarwat Mohyuddin

鲜花之园

在每一个心间

激荡着多姿多彩的花朵

躲过

它的双眼

蒙在各形各色的叶子里。

道路几多，或近或远

围绕其间。

走在心灵的窄街

许多大门出现，面对着面。

慢慢开启

走进其间，

触摸里面

令人痴迷的色彩；

细品那令人狂喜

花朵的甘甜。

哪个世界停留四方

充斥着何种生活喧嚣回响？

通往花园的道路

幸福引领我们前往。

英文版由穆扎法尔·加法尔译自旁遮普语

亲爱的土地

布沙拉·埃贾兹

Bushra Ejaz

亲爱的土地——我们宣告你的归属，深谙你的剧痛

你撕破的头巾我们坐上，播种。

我们供养你身上的每根毛发；

如果你愤怒，泪水如泉涌。

亲爱的土地——你的儿子你的光荣钢打铁铸，

狂喜之爱的新方式他们展露。

兰贾[1]们来了，米尔扎[2]们也来了

布拉[3]用一串珠链把你装点，

宝石点缀你的天庭，羽毛装饰你的头颅；

苏丹·巴胡[4]为你的荣光添彩。

亲爱的土地——你雄狮般的勇者为你的汗水流血，这血

1　瓦里斯·沙阿作品中的传奇英雄人物。详见304页注释2。——原注
2　巴基斯坦民间故事中的英雄人物。——原注
3　布拉·沙阿（Bullah Shah），旁遮普语神秘主义诗人。——原注
4　苏丹·巴胡（Sultan Bahu），伟大的旁遮普语神秘主义诗人。——原注

流自他们心间，

用你的泪水填满他们的胸膛，痛饮那剐心的噬骨

但是他们依然屏住呼吸，

后背遮盖于掩体；

他们对峙的是残酷的敌人

却筑起爱的高墙抵挡。

以你之名他们把生命交付，

雄狮勇者带着爱的狂喜俯冲：

那些布拉们属于你，那些杜拉[1]们属于你

那些瓦里斯[2]们属于你，那些米尔扎们属于你

那些光荣、忠诚的人儿属于你；

他们围着你四周横扫

他们以你之名而兴，以你之名而亡

在你身体里苏醒，在你身体里睡去。

亲爱的土地——四季来了又去，

塞蒂[3]们来了又走开

今天斑斓片刻，明天预兆着什么，

亲朋们顿时齐齐站起

斑斓的色彩从未在此停留喘息。

1　杜拉·巴蒂（Dullah Bhatti），传奇英雄。——原注
2　瓦里斯·沙阿（Waris Shah），伟大诗人，旁遮普语著名神话传说《黑尔·兰贾》（*Heer Ranjha*）的创作者。——原注
3　《黑尔·兰贾》中的女性人物，黑尔兄弟的妻子。——原注

摩尔人[1]没有欢笑，兰贾们也未统治

没有吹奏长笛的爱人，黑尔们也未停息，

没有婚房的微笑，婚礼行列的交合

没有乐队演奏，没有缰辔手握。

静静地，静静地，他们走进婚房。啊，这时代！

为婚礼洒泪，这典礼，甜蜜的韵脚。

亲爱的土地——这些羞赧的娇娘，这些光荣的娇娘

她们充沛你的美名，这些高尚的娇娘。

这里没有明亮的声音，也没有旋律悠扬

为免爆炸、暴露，她们没有半点呻吟

目不视，耳不闻

攥紧扳机，或能与她们相接。

亲爱的土地——你雄狮般的勇者壮大你的光荣

但说实话，你的女儿可有半点让你的荣光蒙霜？

亲口说吧，从那最源起的子宫

说些正义的赏罚，全世界的恳求。

你就像母亲，但是母亲

把一切都给了儿子。

英文版由穆扎法尔·加法尔译自旁遮普语

——————

1　历史上，摩尔人主要指在伊比利亚半岛的伊斯兰征服者，中世纪入侵欧洲。信奉伊斯兰教，多属逊尼派。——译者注

欢笑与泪水的游戏

莎哈尔·伊姆达德

Sahar Imdad

吾友，从一开始，
我一直为您而歌，
采撷温柔的花骨朵
为您编织花环一个。
眼眸在等待中消磨
笑容在眸子里淹没，
我一如这地球
悲伤，不知所措。
我曾为谁
滋养这爱的情愫？
我曾为谁承担如许悲伤
为谁积攒玫瑰花蕾
又曾为谁而歌？
没有人，没有人。
谁人来完满这爱的梦想
背负经年难耐的哀伤

博得一笑

戴上我的花环

来路无一人踏上！

我欲绝的心脏几近疯狂。

手里的花环

眸子里的光亮

唇边轻吟的歌唱。

一个悲伤的影子倏忽悬起

在那洒满月光的地平线上。

他那么悲伤，于我却看生见长[1]！

英文版由阿提亚·达乌德与

阿西夫·阿斯拉姆·法罗希译自信德语

---

1 汉语成语，亲眼看着某人出生和长大，形容对某人非常熟悉。出自元朝王晔《桃花女》。——译者注

囚　禁

穆纳瓦尔·苏塔纳

Munawar Sultana

思想与心灵
　　　囚禁在这个身体
我的灵魂
　　　囚禁于生存
我的存在
　　　囚禁于我自己
我自己
　　　囚禁于一个家庭
我的家庭
　　　囚禁于一个国家
我的国家
　　　囚禁于这片土地
我的大地
　　　囚禁于这个世界
我的世界
　　　囚禁于这个宇宙

我能去向哪里

这里还是那里

把自由来找寻？

英文版由拉齐亚·霍哈尔与

阿西夫·阿斯拉姆·法罗希译自信德语

斗争中的姊妹

塔斯妮姆·雅各布

Tasneem Yaqub

我们是迈赫兰[1]的潮涌

我们不惧怕割掉头颅，

我们是这平原[2]的

母亲、姊妹、女儿，

我们是芭哈吉，多杜[3]的姊妹，

总有一天

乌马尔[4]与茜奈莎尔[5]会死去。

我们要像阿赫塔尔与莉亚兹[6]，

没人能够主宰。

信德的子孙皆勇敢，

1　此处指巴基斯坦海军基地所在地。——译者注

2　信德省位于巴基斯坦东南部，地处印度河下游平原，东临印度，南濒阿拉伯海，北部为印度河。信德（Sindh）一词源自梵语"河"（Sindhu），指代印度河。——译者注

3　古代国王，曾为其姊妹的荣誉而战。——原注

4　信德民间传说中某国王的名字。——原注

5　信德民间传说中某公主的名字。——原注

6　阿赫塔尔（Akhtar）与莉亚兹（Riaz）为近代女性政治活动家。——原注

是我们的美平添这平原的壮丽，

绝世无双。

塔斯妮姆，昭告所有朋友：

时刻准备为这热土牺牲全部。

英文版由拉齐亚·苏塔娜·霍哈尔与

阿西夫·阿斯拉姆·法罗希译自信德语

残酷的事实

苏塔娜·瓦卡西
Sultana Waqasi

遇见一些人
转瞬
难以明了。
我说得真真又切切。
今天的人儿
面具套着面具
层层又叠叠,
欢笑一个
强颜又一个,
我说得真真又切切。
看清人儿
如今太难。
初初见面
你把我捧上天,
但是你怎知晓,
我多恨自己,

又不值一钱。

听你唱诵

我的恨又添。

这是事实

我自己更比你了解，

我还明了

你赞颂背后的真相。

英文版由拉齐亚·苏塔娜·霍哈尔与

阿西夫·阿斯拉姆·法罗希译自信德语

自传（外一首）

阿提亚·达乌德

Attiya Dawood

吾友，你问我

如何消磨时光？

婚礼后何不再写作？

就像水银，躺睡服从的试管

我依赖着季节[1]。

从出生，母亲喂养我们忠诚的功课。

淤塞的感觉如衣服黏着我。

悲伤的体温越烧越高

仍没能将这试管打破。

我的家有魔力

让我忘记自己，变成机器，

某人的响指一打

---

1 意指温度计水银柱随季节变化而升降。——译者注

所有工作暂停。

但是如果我向里
看见家园洪水光临，
我便像那灰尘泥垢
被传统教条的飓风卷起，
瘫睡于时光的脚底。

只要我睁开眼睛，教训就响起：
"社会是丛林，家是避风港；
男人是主人，
女人是房客，
忠诚与服从
是你付的租金。"

这关系太疲累。
我按月付着租金，
收起我全部情绪，
锁进标着"忠诚"的盒子里。

我的思想还有我成堆的书籍
被白蚁慢慢吞去。
我是我丈夫荣光与自尊的证明
他想要一直锁着

锁进盒子里。

英文版由费赫米达·里亚兹与

阿西夫·阿斯拉姆·法罗希译自信德语

爱的边界

你的爱，我了然于心。

你许我果腹之食，蔽体之衣，

一片遮顶之瓦，

却要我用尽一生来偿还。

在这方伊甸园里

你予我畅所欲为的自由，

却不容我

迈向那株

结满知识之果的

智慧树。

太阳每天升起，

诱使着我迈向它；

偷食禁果的我，今天就要挣脱你的桎梏，

你的伊甸园使我无法呼吸，

我渴望获取做主的自由。

智慧之果赐予了我勇气。

食物、衣服和家，都无法与空中璀璨的星相媲美

那是只有你才能触碰到的美好，

是我永远无法企及的奢望。

传统、法律和信仰，

也不能取之筑山，

紧握住我的智慧

我定能翻越延绵的重山。

你的爱，毋庸置疑

但勿将它铸成奴隶之环强缚于我。

记得吗？你也曾尝过

智慧树上摘得的果实啊。

就让我们的爱如花朵般历久弥香。

英文版由费赫米达·里亚兹与

阿西夫·阿斯拉姆·法罗希译自信德语

迷雾（外一首）

普什帕·瓦拉巴
Pushpa Vallabh

深海里闪耀着

许多船只红色的眼睛！

深夜的黑暗里荧闪着

蛇的双目！

房间的黑暗中

我的双眼烧灼着我的梦。

我熟悉的梦里

你又坐了一会儿

然后向我告别。

我泪流满面：

"先别走，我活不下去……"

就像以前，你给我慰藉：

"不，我的爱，只要几天……"

仿似向孩童辩解，

你照常把我的脑袋抚上膝头，

手指捋过发丝，

用双唇，吻去我的泪痕

当我不再哭泣

开始抽噎

然后跌入梦中，

你把我的头轻柔抬起，

担心哪怕你脚步的声响会将我惊醒，

我却继续沉睡

带着笑容，

你还在身边的温度，

和紧闭双眼中的美梦。

你轻轻锁上门，

竖起外套的领子

走进隆冬的迷雾，城市蔓延至远方，

这么多，相似的小路

你迷失了方向。

英文版由阿西夫·阿斯拉姆·法罗希与本诗作者译自信德语

记 忆

你的记忆

如果曾经有过那么一段

一转眼我本该忘却

忙着不相干的种种。

但是这记忆

却像扼住我全部呼吸的一根弦，

弦的另一端

不是我手中的线。

英文版由阿西夫·阿斯拉姆·法罗希与本诗作者译自信德语

我与另一个我

拉齐亚·霍哈尔

Razia Khokhar

我一直孤独。

想了解为何"你"身旁人群聚首。

我怎样表达心中所想？

奉承者围着"你"；

他们在场我该怎么说？

"你"觉得简单的人

可不简单；很危险，

皮肤下黑色蔓延

牛角瓜[1]苗儿那般苦涩。

我该如何与他们断绝关系，

那些明明不是，却自称是我的人。

"你"藏在心间的人，

---

1 学名白花牛角瓜，双子叶植物纲牛角瓜属，植株的乳汁含多种强心苷，供药用。叶可治哮喘等病。——译者注

他们宣告要为了"你"触摸天堂，

唯独你的威权是吸引他们的磁铁

明天，当"你"失去财富金钱

他们对"你"的景仰便灰飞烟灭。

"你"找不到人像我这样，

紧靠在"你"身边

即便那些不幸的岁月。

英文版由雅斯敏·哈米德与

阿西夫·阿斯拉姆·法罗希译自信德语

无言的玩偶（外一首）

哈西娜·古尔

Hasina Gul

些许微弱的叹息，
些许不事雕琢的渴求，
横亘于我。
组成我的全宇宙，
我仰赖它栖息。
草芥般的生活片段
我经历。
我的生活一无用处。
时光把我揉捻成
孩童的玩具。
每一个孩子抱着我，
先是笑眯眯，
把我带去游乐园，
与我玩耍。
如此地爱我——有时
抱得我那么紧；

有时，毫无缘由

看着我那么静；

有时，别个他想要把我夺去，

他又反抗起来，

拥着我那么亲。

别个他失败、撤离；

我的主人我还属于你。

他抱着我时，

抱得那么紧

我感动于他的怜悯。

我把他当作主人。

带我去哪里

我只望着他安静。

带我去奇怪的地方

藏我于角落

关上了门

走开。

第二天早上

玩乐时间他又来。

这是我第二天

光临他的世界。

他爱我

但是不如昨天。

他不经意看了一会儿，

捡起我，

带我去玩乐园。

这一天也过去了。

此生中的两个日子，

我光临、沉溺。

这两天太过美好。

有那么一个人宠溺。

今天是第三天

我的灵魂渐渐剥离。

我看到了我的终点。

每一个步骤

伴着我的心跳声升级。

它膝上的每一秒

如今我死去，如今我升起

看看周遭。

这个仪式周而复始

我的全身破烂。

当梦之女神

把我放在她的膝上，

不安与渴望，

我置于脑后。

我的脸上，死亡的手指

我觉察；它来了

这"死亡"才是我的主子。

厌恶我的他

想让我的生命终结；

愤怒地拽着我

用石头打我

我的过错与罪孽

我一无所知，只呆呆地凝视。

多么无助！

多么拘束！

当他捡起另一块石头，

扔向我，

我破碎成片，

散落周边。

在他的脚下，

我只安静抽噎。

英文版由谢尔·扎曼·泰兹译自普什图语

风 暴

在你率真的浪潮里

我如一扁舟，沉溺。

隐秘情感的柔波里
我一如孤草沉浮。
我双眼的贝壳
磨砺出珍珠呈现于你。
你怀中的那片港湾
一道光亮升起。

怯生生的我，
带着朦朦胧胧的慕情
坠落。
当我向上望去，
情感开始攀起。
你记忆的地平线
亲吻我的所见
糅成一弯彩虹，
让月亮的光辉蔓延。

我梦想的神奇
想要坐上停歇
抓住我眼中的光景。
你记忆的涌泉
在我眼目所限
仿似急促的呼吸
慢慢贴近。

你痴狂的情感

把我冲离岸边。

在你疯旋的浪潮里

我沉溺如一扁舟。

而你悄无声息，从别处，

像风暴来袭。

英文版由谢尔·扎曼·泰兹译自普什图语

雪之巅

安妮莎·法蒂玛

Anisa Fatima

无邪光束轻声叹息

山巅白雪消融瓦解。

施暴者寡廉鲜耻

切割温顺鸽子的翅膀。

罂粟与百合浸着

青年芳香的鲜血。

公约与誓约燃烧在废桶

像垃圾和灌木丛，一无所用。

狼群要怎样镇压

雄狮的国度，雄狮身着圣装

朝着下面的山谷行军迈步。

他们怎能不戴着花环[1]呢？

英文版由马克苏德·贾弗里译自克什米尔语

---

1 巴基斯坦人注重礼节，对于久别重逢的挚友、贵宾以及亲人，通常为对方戴上花环。花环多由鲜花制成，香气扑鼻。——译者注

金链花树（外一首）

马基·库雷希
Maki Kureishi

这不是你的季节。

过往卡车染污，无情狂风

抽打，你的树枝

鸟儿容不下。寒冬

扯你成几缕

嘎嘎作响的枝丫。"死了！"行人想着。

不出四月

你又把藤蔓与娇蕾

小心来舒展，每一枝

垂满花儿

仿似千盏枝形吊灯

光亮得炫目。

如果天空的湛蓝是为了衬托

这满树的金黄。如果微风

的轻拂是为了展示
每朵小花灵动的风度。扎着根，
你一点一点创造
我们这短促的春天。景色

停驻你脚边——目睹你
怎样缩食抗争
那有限的给养。可花瓣总会
凋零。你便等待着，青绿中的
荒凉，穿过漫漫艰难那几月；
你的汁液仍将繁花漫天。

穿过来吧

门在这儿，穿过来吧。
门柱缠绕着舒展的
柔嫩的新芽儿。

我们的波斯地毯上开出
真正的花儿，带着天空的蓝
或是闪电的彩

随你欢喜。我还有
几种鸟儿；海鸥停在椅子的

把手，

孔雀、鱼鹰和麻雀。
列出名字。祷文咒语
与计策都管用。

造访者坐在椅子上
忽视了游荡的动物，
不寻常的气氛

在矮丛窸窸窣窣，轰轰隆隆，
喳喳吱吱，尖叫着。你听到：
穿过来吧。

世界新秩序

希娜·费萨尔·伊马姆

Hina Faisal Imam

世界正在重组

我们成了时间的事故。

更小、更高效的世界新秩序

和自给自足的经济体

将要显露。

其间，犁耙与镰刀

会把树木当作人类的躯干屠戮。

我们会看见敌中有我

我中有敌。

我们会看见这世界

摇动、战栗、震荡。

待平静我们将建起

崭新的新世界，从我们的疼痛、悲伤里。

苦难之后我们学习，

和平的价码；

死亡之后我们学习，
生命的代价。

我们该搜索全地球
找寻崭新的家园。
我们会抓住正义
重新审视
看清真实的自我
去发现过往不是
明天会成为的那一个。

祷告（外一首）

法丽达·法伊祖拉

Farida Faizullah

请赐我与所追求的相应
不是从迈出第一步起
而是走过山水踏遍荆棘
到达之后忘却了我的挣扎
我称之为奇迹。

付出、前进、掌控、自律、塑造人生
这些能力的恒定条件
会盲目崇尚我的力量，却不晓只是您大名的一绺
穆罕默德赐予我的骄傲
因为当我蒙难，我愿变成
事故里那无法辨认的残骸
也不要做精致的雕塑一座。

试炼我吧
这祷告发出便开始

准备演习做完就开始

当这伟大的试炼来临

我至少攥住了成功的可能。

学生送来玫瑰一朵

"这玫瑰，"你说，"老师，是从花园刚摘下；

粉色的色调与这季节的城市不协调。"

凝气慌张，不确定自己有多重要，

我们学会了言明礼物的分量。

"老师，"你说，"玫瑰代表着爱情。"

献媚、着魔，你还能再添上十个。

我们学会了用符号表达情感。

拒绝的打击不再艰难。

拈花垂泪也是一种报复。

我亲切微笑接受了这花朵，

像格列佛被小人儿崇拜的骄傲[1]，

会放进我塞满杂物的手提包的角落。

害怕这双手掌的温度

---

1 《格列佛游记》是英国作家乔纳森·斯威夫特创作的一部长篇游记体讽刺小说，作品以男主人公里梅尔·格列佛船长的口气叙述周游四国时荒诞离奇的遭遇，其中第一个国家利立浦特是小人国。——译者注

颤动玫瑰的心脏，

我们学会了用名片

假扮自我的荣光。

这玫瑰或许是过往写过的诗一篇

于我们珍贵、毫不设防、诚挚的那些瞬间

字斟句酌，一字一点。

灼烧（外一首）

艾莎·D. 卡迈勒

Ayesha D. Kamal

房子着火于初升的太阳
满溢过山峦的脊梁。
三个孩童烧得辨不清长相。
圣父、圣子、圣灵。
轮回转世的魔王。
模糊可辨的眼窝中
那双眼要从阴森的恐惧转向
哪里的天。口袋里
发现一枚烧坏的硬币——
脖子上糊着发黑的小龛儿。
肥皂气泡凝结又破灭。

受洗的祭典不轻松。
恐怖的细节留给媒体兜售。
在天堂与地狱的倒影之间
我的路踏步向前。

斑斓的梦

我的梦想
在画布上
我分出
斑斓的色彩几许
红色是我炽热的钟情。

金色是我爱的
魔力。
蓝色是我的恒心。
灰色是你优雅的缺席。

但是我留出了空间
——白色——
仿佛丽莎[1]眼中
黄色的斑点。
你那——无动于衷的漠不关心。

---

1 指名画《蒙娜丽莎》，意大利文艺复兴时期代表作品，作者为列奥纳多·达·芬奇（Leonardo da Vinci），现收藏于法国卢浮宫博物馆。该画作表现了女性典雅和恬静的典型形象，塑造了资本主义上升时期一位城市有产阶级妇女形象。该作品折射出女性深邃、高尚的思想品质，反映了文艺复兴时期人们对女性美的审美与追求。——译者注

我还是会等待罢

等上几个世纪

即便我不是列奥纳多。

锁 链

雅斯敏·哈米德

Yasmin Hameed

何种恐惧

与你相连；

何种暗影，伪装欺骗

身旁舞蹈

刻刻天天

踩着野蛮无声击打的鼓点；

何种毒液，

无味，无色，

侵蚀我的血液，

一滴一点，

染污它鲜活的纯洁。

灵魂的圣殿

遮蔽了双眼

我已然觉察

高墙崛起云巅。

所有连接

生命樊笼的道路

终结……

而你平静的双眼，

刻刀般凿在监狱的门上，

盯着

我无言的畏惧。

英文版由本诗作者译自乌尔都语

特别鸣谢

伊什拉特·阿弗林（Ishrat Aafreen），诗人。用乌尔都语创作诗歌，出版有诗集《黄花林》。

阿兹拉·阿巴斯（Azra Abbas），教育工作者。已出版两本诗集。

拉齐亚·法西赫·艾哈迈德（Razia Fasih Ahmed），1926年出生于穆拉达巴德，已出版六本小说及一本短篇小说集。曾于1967年荣获巴基斯坦文学最高奖——阿达姆吉文学奖。

曼苏尔·艾哈迈德（Mansoora Ahmed），文学期刊总编辑。著有乌尔都语诗集《让我们现在把门打开》。

鲁克萨纳·艾哈迈德（Rukhsana Ahmed），短篇小说作家，记者，翻译家，剧作家。1973年移居英国前曾在卡拉奇大学任教。出版译作有乌尔都语女性主义诗集《超越信仰》及阿尔塔夫·法蒂玛所著乌尔都语小说《不曾问的那个人》。

沙基尔·艾哈迈德（Shakeel Ahmed），1964年成为公务员，曾任巴基斯坦财政部辅秘。

希贾卜·伊姆蒂亚兹·阿里（Hijab Imtiaz Ali），作家，编辑，南亚次大陆第一位女飞行员。出版有短篇小说集两部。著作包括散文、中篇小说、长篇小说、剧本，及路易莎·梅·奥尔科特《小妇人》的译著。

坦维尔·安朱姆（Tanvir Anjum），擅长语言学，在卡拉奇一所大学教授英语。她的第一本诗集于1982年出版，第二本于1993年出版。

阿兹拉·阿斯加尔（Azra Asghar），出生于1940年。文学杂志编辑，同时创作长篇小说、短篇小说及散文。已出版四部著作。

拉赫桑达·阿希克（Rukhshanda Ashiq），某政府学院英语系助理教授。

伊尔法娜·阿齐兹（Irfana Aziz），经济学专业毕业，教育工作者。已出版两卷乌尔都语诗歌集及一部剧本。

班达尔·巴赫特（Baidar Bakht），桥梁工程研究工程师，现居加拿大多伦多。与加拿大学者及诗人合作出版多部乌尔都语诗歌译著。

扎伊图恩·巴诺（Zaitoon Bano），作家，诗人，剧作家。阿巴森奖（Abasin Award）获得者。主要用普什图语及乌尔都语创作。

尼兰·艾哈迈德·巴希尔（Neelam Ahmed Bashir），用乌尔都语创作短篇小说，出版有短篇小说集两部。

娜思霖·安朱姆·巴蒂（Nasreen Anjum Bhatti），巴基斯坦广播公司拉合尔分部高级管理人员。已出版作品包括旁遮普语诗歌选，一本关于乌斯塔德·阿曼纳特·阿里·汗（Ustad Amanat Ali Khan）艺术的书籍以及一本音乐汇编集。

阿提亚·达乌德（Attiya Dawood），出生于1958年。信德语诗人，作家。

伊斯特尔·扎兰德（Estelle Dryland），定居于澳大利亚悉尼，从事巴基斯坦社会政治方面的研究工作。出版有法伊兹·艾哈迈德·法伊兹（Faiz Ahmed Faiz）的研究专著。

布沙拉·埃贾兹（Bushra Ejaz），1993年出版其第一本旁遮普语诗集。同时用乌尔都语创作短篇小说。

安瓦尔·埃纳耶图拉（Anwar Enayatullah），曾从事新闻行业。在短篇小说、戏剧及评论文章方面对巴基斯坦文学界做出了极大的贡献。将多部乌尔都语作品译为英语，并出版著作五部。

法丽达·法伊祖拉（Farida Faizullah），教育工作者，用英语创作诗歌，同时将乌尔都语作品译为英语。

阿西夫·阿斯拉姆·法罗希（Asif Aslam Farrukhi），医生。出版有三本短篇小说集、一本游记、一本文学评论集及五本译著。同时编辑图书，是多家刊物的文学评论签约作者。

阿尔塔夫·法蒂玛（Altaf Fatima），第二代后独立时代女性小说家之一，出版有多部短篇小说集和长篇小说。其小说《不曾问的那个人》1994年被译为英语出版。

安妮莎·法蒂玛（Anisa Fatima），出生于穆扎法拉巴德，用克什米尔语创作诗歌。

赛义达·加兹达尔（Saeeda Gazdar），短篇小说家、诗人。

穆扎法尔·加法尔（Muzaffar Ghaffar），拉合尔艺术论坛主席。译有瓦齐尔·阿迦诗歌选集《火焰的风》。

努希·吉拉尼（Noshi Gilani），巴哈瓦尔布尔大学乌尔都语教授，于1993年出版乌尔都语诗集一部。

哈西娜·古尔（Hasina Gul），用普什图语创作诗歌，并用普什图语及乌尔都语创作散文。出版诗集一部。

谢斯塔·哈比卜（Shaista Habib），供职于巴基斯坦广播公司拉合尔分部。出版有乌尔都语诗集及旁遮普语诗集各一部。

菲尔杜西·海德尔（Firdous Haider），教育工作者，著有四部小说、三部短篇小说集及一部游记。

雅斯敏·哈米德（Yasmin Hameed），诗人，翻译家，教育工作者。出版有五本乌尔都语诗集。

艾莎·哈隆（Ayesha Haroon），国际新闻专业毕业，《国民日报》驻拉合尔通讯记者。

贾米拉·哈什米（Jamila Hashmi），最初入行为小说家。其作品曾于1960年获得阿达姆吉文学奖。因其介绍著名神秘主义者曼苏尔·哈拉智生平的小说而广受好评。

穆妮扎·哈什米（Muneeza Hashmi），教育学专业毕业。巴基斯坦电视台拉合尔分部制作人，自由记者。

萨利马·哈什米（Salima Hashmi），拉合尔国立艺术学院美术副教授。几乎涉猎所有媒体工作，尤其擅长绘画与摄影，在巴基斯坦国内外办过大量个展与群展，荣获多个国家奖项。

法鲁克·哈桑（Faruq Hassan），任教于蒙特利尔道森学院。1983年与哈里德·哈桑合编《真实的幻象：巴基斯坦乌尔都语短篇小说》。

法蒂玛·哈桑（Fatima Hassan），巴基斯坦信德省职业社会保障机构（SESSI）副局长。出版有两本乌尔都语诗集。

沙希达·哈桑（Shahida Hassan），教育工作者，用乌尔都语创作诗歌。

扎希达·希娜（Zahida Hina），小说家，评论家，剧作家，专栏作家。出版有两本短篇小说集，作品先后被译为英语、印地语、信德语及旁遮普语。

哈立达·侯赛因（Khalida Hussain），巴基斯坦第二代作家中最重要的短篇小说家之一。

韦恩·R. 赫斯特德（Wayne R. Husted），专攻南亚研究，美国威斯康星大学博士。参与翻译了多部当代乌尔都语作家的作品。

希娜·费萨尔·伊马姆（Hina Faisal Imam），巴基斯坦旁遮普省拉合尔包装有限公司产品经理。翻译乌尔都语小说，并发表多篇对当代作家的评论文章。其诗歌作品收录于《潮湿的太阳》和《午夜对话》。

莎哈尔·伊姆达德（Sahar Imdad），信德语女诗人代表之一。任教于巴基斯坦海得拉巴市的信德大学。

尼洛法·伊克巴尔（Nilofar Iqbal），用乌尔都语创作短篇小说，出版有短篇小说集一部。

埃达·贾弗里（Ada Jaffery），巴基斯坦当代女性诗人的先驱。1981年荣获巴基斯坦国家荣誉奖章。

马克苏德·贾弗里（Maqsood Jafri），教育工作者。出版多部著作，涉猎哲学、伊克巴尔（即穆罕默德·伊克巴尔，著名思想家，乌尔都语和波斯语重要作家及诗人）研究及政治领域，并为报刊撰写文章。

阿赫塔尔·贾迈勒（Akhtar Jamal），出生于1930年。小说家，剧作家，教育工作者。出版有长篇小说《鲜花与火药》及两部短篇小说集。

穆萨拉特·卡兰奇维（Musarrat Kalanchvi），出生于1957年。西莱基语短篇小说家，诗人，剧作家。1976年出版巴基斯坦第一本西莱基语短篇小说集，并用西莱基语制作广播剧和电视剧。

艾莎·D. 卡迈勒（Ayesha D. Kamal），用英语创作诗歌，诗作发表于国际与巴基斯坦国内期刊。

吉拉尼·卡姆兰（Gilani Kamran），拉合尔报纸专栏作家，著有多部诗集与散文集。1989年，作为英语教授从拉合尔富尔曼基督学院退休。

拉菲克·哈瓦尔（Rafiq Khawar），学者、诗人，文学期刊编辑。

拉齐亚·霍哈尔（Razia Khokhar），教育工作者。出版有短篇小说集，写过多篇评论文章及电视剧剧本。专攻课题为"女性与信德语诗歌"。

马基·库雷希（Maki Kureishi），诗人，在卡拉奇大学任教。用英语创作诗歌，以其诗作优美广受赞誉。

莱斯利·拉维尼（Lesilie Lavigne），加拿大诗人，爱好当代文学。与班达尔·巴赫特合作翻译了多首乌尔都语诗歌。

法坎达·洛迪（Farkhanda Lodhi），拉合尔政府学院图书馆前馆长。其用乌尔都语出版了一本长篇小说、三本短篇小说集，用旁遮普语出版了一本短篇小说集。

帕尔文·马利克（Parveen Malik），著名旁遮普语现实主义短篇小说家。

雅斯敏·马里（Yasmin Marri），用俾路支语创作短篇小说，并将她自己的作品翻译成乌尔都语。

哈杰拉·马斯鲁尔（Hajra Masroor），小说家。发表过多篇短篇小说及长篇小说。

哈蒂嘉·玛斯杜尔（Khadija Mastoor），1942年开始写作生涯。曾任巴基斯坦进步作家协会拉合尔分会书记。其主要作品有短篇小说集《滂沱大雨》《困倦》和长篇小说《庭院》。其中，《庭院》于1963年荣获阿达姆吉文学奖。

拉希德·马丁（Rashid Mateen），任职于伊斯兰堡大学教育资助委员会。用乌尔都语及旁遮普语创作诗歌，诗作发表于多本文学杂志。

马赫塔卜·马赫布卜（Mahtab Mehboob），用信德语创作短篇小说、游记、短剧及散文。出版多本著作，其短篇小说集《银色的枷锁》于1971年荣获巴基斯坦作家协会奖，游记于1993年荣获巴基斯坦文学院奖。

穆罕默德·奥马尔·梅蒙（Muhammad Umar Memon），专攻近东语言与文学研究，美国威斯康星大学乌尔都语、波斯语、伊斯兰教教授。出版有短篇小说集一部、乌尔都语小说译作四卷。

扎法尔·伊克巴尔·米尔扎（Zafar Iqbal Mirza），拉合尔《黎明》日报助理编辑，报道社会与文化议题。

萨尔瓦特·毛希丁（Sarwat Mohyuddin），专攻旁遮普语文学研究，出版有诗集一部。

沙欣·穆夫提（Shaheen Mufti），教育工作者，出版有乌尔都语诗集一部。

基什瓦尔·纳希德（Kishwar Naheed），出生于1940年，曾任巴基斯坦国家艺术委员会总干事。出版有多本乌尔都语诗集、儿童文学作品及译著。尤为关切女性问题。于1969年荣获阿达姆吉文学奖，1974年荣获联合国教科文组织儿童文学奖。

C.M. 纳伊姆（C.M. Naim），芝加哥大学乌尔都语及人文学科教授。创作乌尔都语诗歌及散文，翻译多部乌尔都语作品，著作有《伊克巴尔、真纳与巴基斯坦：愿景与现实》。

阿什法克·娜齐威（Ashfaque Naqvi），作家，评论家。于1980年开始陆续出版著作，并与多家报纸签约供稿。

泽赫拉·尼嘉（Zehra Nigah），创作乌尔都语诗歌多年，出版诗集一部。

弗朗西斯·W. 普里切特（Frances W. Pritchett），美国学者。出版有数本乌尔都语语言及文学作品，致力于将乌尔都语短篇小说及诗歌译成英语。与阿西夫·阿斯拉姆·法罗希合编近代乌尔都语诗歌选集《困兽的夜晚》。

纳希德·卡斯密（Naheed Qasmi），巴基斯坦旁遮普省拉合尔萨曼巴德学院助理教授，出版有一部乌尔都语诗集和一本研究纳西尔·卡兹米生平及其著作的论著。

萨米娜·拉加（Samina Raja），文学杂志编辑，乌尔都语诗歌文学期刊定期撰稿人。

萨利姆·乌尔·莱合曼（Salim-ur-rahman），诗人，短篇小说家，翻译家。已出版一本关于古希腊文学的乌尔都语著作，并把《奥德赛》与《三姐妹》译为乌尔都语。主要使用乌尔都语创作，并长期为英语报刊撰写书评及文学专栏。

萨米娜·拉赫曼（Samina Rahman），拉哈尔LGS女子大学校长。出版作品有《莫卧儿印度》（1987）、《教育丛林》（1986）、《她自己的作品里》（1994）以及乌尔都语短篇小说译著。

费赫米达·里亚兹（Fehmida Riaz），出生于1946年。曾任巴基斯坦文化部顾问。出版有多部著作。

伊法特·赛义德（Iffat Saeed），拉合尔玛丽皇后学院英语系助理教授。

妮尔玛·萨瓦尔（Neelma Sarwar），警察厅高级官员。出版有三本乌尔都语诗集。

萨拉·莎古夫塔（Sara Shagufta），诗人。用乌尔都语和旁遮普语写作。

阿提亚·沙阿（Atiya Shah），教育工作者，从事英语教学工作。

沙布南·沙基尔（Shabnam Shakeel），教学工作者。出版有两本乌尔都语诗集及一部短篇小说集。

佩尔文·沙基尔（Perveen Shakir），从事将英语作为第二语言教学九年后，进入政府部门任职。其第一本诗集《香气》荣获阿达姆吉文学奖年度最佳图书奖。

蒙塔兹·希林（Mumtaz Shirin），巴基斯坦后独立时代的第一代小说家之一。1944年，与丈夫萨马德·沙欣在班加罗尔共同创办文学期刊《纳亚·道尔》。

穆纳瓦尔·苏塔纳（Munawar Sultana），从1963年开始写作，已出版一本信德语诗集。

阿提亚·赛义德（Atiya Syed），拉合尔女子学院哲学系副教授，多本杂志和文学期刊的定期撰稿人。

帕尔文·法娜·赛义德（Parveen Fana Syed），出生于1936年。用乌尔都语创作诗歌，出版有三本诗集。

谢尔·扎曼·泰兹（Sher Zaman Taizi），著名普什图语作家、散文家、诗人。致力于将普什图语作品译为英语。曾任职于巴基斯坦某国家级日报的文学副刊。

阿夫扎尔·陶西夫（Afzal Tauseef），巴基斯坦旁遮普省拉合尔教育学院副教授。出版有约十一本乌尔都语著作，包括短篇小说、专栏文章集与翻译集，并出版有三本旁遮普语著作，其中一本于1993年荣获巴基斯坦文学院颁发的年度最佳旁遮普语小说奖。

普什帕·瓦拉巴（Pushpa Vallabh），出生于1963年。医生，诗人。用信德语创作诗歌，已出版两本诗集。

苏塔娜·瓦卡西（Sultana Waqasi），教育工作者，社会工作者，自由记者。用信德语创作诗歌，已出版一本诗集。

塔斯妮姆·雅各布（Tasneem Yaqub），知名信德语学者，散文作家，笔名为费赫米德·侯赛因。在卡拉奇大学任教，其博士论文题目为《沙阿·拉蒂夫诗歌中的女性》。